Fliegende Steine

Martha Heesen

Fliegende Steine

Aus dem Niederländischen
von Rolf Erdorf

GERSTENBERG

~1~

»Ich will ...«

»Mit vollem Munde spricht man nicht!«

»Ich will«, fuhr Fee fort, »ich will eine Freundin und einen Esel und ...«

»Einen Esel?«

»Ja. Mausgrau. Weich. Und mit einem mehlweißen Maul. Und Socken, die nicht kratzen.«

Sofia fegte die Kuchenkrümel unter Fees Füßen zusammen. »Einen Esel!«, sagte sie. »Einen Esel, na klar!«

»Und endlich kurze Haare, ohne die albernen Haarklammern, und ich will dabei sein, wenn die kleinen Ziegen geboren werden, und ich will eine Hose, eine richtige lange Hose. Aber am allerliebsten ...«

»Du willst viel zu viel, du!«

»Am allerliebsten möchte ich ...«, sagte Fee, aber Sofia hörte schon nicht mehr zu. Ein Glück. Angenommen, Fee hätte jetzt laut gesagt: *Am allerliebsten möchte ich einen anderen Vater.* Das konnte man noch nicht mal denken, ohne knallrot dabei zu werden.

Rasch befühlte Fee ihr Gesicht, aber sie war sich nicht sicher, ob ihre Wangen vom Denken so glühten oder vom Sitzen an Sofias Herd.

»Hier«, sagte Sofia, »zieh deine Schuhe an. Es wird schon dunkel, ich bringe dich nach Hause.«

»Darf ich vorn auf die Stange?«

»Natürlich«, sagte Sofia.

Sofias Rad war ein Männerfahrrad, ein großes schwarzes Herrenrad mit einer Stange, auf die man sich wunderbar schief hinlümmeln konnte, zwischen Sofias Arme, unter Sofias offenem Mantel.

Auf der Hälfte des Sandwegs bremste Sofia so plötzlich, dass Fee mit dem Brustkorb gegen den Lenker knallte und vom Rad fiel.

»Komm, steh auf«, sagte Sofia, »und fass mit an!« Und während Fee das bleischwere Fahrrad an einen Pfahl anzulehnen versuchte, zerrte sie schon mit ihren großen Händen an der umgestürzten Birke.

»Die lag heute früh noch nicht da«, sagte Fee. »Sieht aus wie ein Mensch, ein Riesenmensch mit langen Haaren, ein Tänzer, der hingefallen ist und nicht mehr aufstehen kann ...«

»Nicht schwätzen, ziehen!«, sagte Sofia. »Das Mistding muss zur Seite, bevor sich noch jemand den Hals bricht.«

Jemand, jemand, dachte Fee. Wer wohl schon, außer Papa und Mama und uns? Ganz selten nur kamen hier mal Spaziergänger vorbei, aber die zählten nicht, fand sie. Ach ja, der Briefträger natürlich. Der liebe Briefträger mit seinem roten Schnauzbart. Also gut.

Zusammen schleppten sie den Baum auf die Wegböschung. Aus dem Stamm schauten Birkenporlinge hervor, sah Fee. Ihr tat der arme Baum leid: graue, abgeblätterte Haut, giftige Pilze, die ihm aus dem Leib wuchsen, weggefaulte Füße, lange Haarpeitschen, die zu nichts mehr dienten – man könnte höchstens noch einen Besen daraus machen. Zwei vielleicht. Hatte es am Nachmittag denn gestürmt? Sie hatte nichts davon bemerkt. Beim Singen vielleicht? Sie hatten afrikaanse Lieder gesungen, ganz laut. Fräulein Raaymakers liebte Afrikaans und Südafrika. *Bobbejaan klim die berg, so haastig en so lustig ...*

»Dieser umgestürzte Baum, das hat was zu bedeuten«, sagte Fee halblaut.

»Nicht so murmeln, Kind, dann verstehe ich dich nicht«, sagte Sofia.

»Das hat etwas zu bedeuten«, flüsterte Fee in ihren Schal. »Die Birke ist umgestürzt. Das bedeutet ... das bedeutet, Papa ist aufgestanden. Papa steht in der Tür und wartet auf mich. *He! Bist du da?*«

Sofia stieg wieder aufs Rad. »Los, komm, Kind! Was starrst du die ganze Zeit mit so großen, traurigen Augen vor dich hin? Du siehst aus wie ein Kalb auf dem Markt!«

Es stand niemand in der Tür. Mama kam gerade aus dem Gemüsegarten auf den Hof, die Haare offen, in ihrem Overall und den roten Holzschuhen. Eine Bäuerin, aber eine fröhliche. Andere Bäuerinnen sahen wirklich ganz anders aus. Oma Greetje zum Beispiel trug immer ein schwarzes Kleid. Und die Mutter von

Dymfy vom Berthahof, die trug so dicke braune Kleider mit einer Schürze darüber und dicke braune Nahtstrümpfe und braune Schuhe mit Eisenschnallen und sie hatte kurz geschnittenes Haar, das grau war. Sie war alt; Dymfy hatte nämlich zwölf ältere Geschwister und das älteste war schon siebenundzwanzig.

»He Ma«, rief Fee. »Ein Glück, dass du nicht alt bist und dreizehn Kinder hast!«

»Was? Was sagst du da wieder?«, antwortete Mama lachend. »Tag, Sofia, komm doch noch kurz mit rein.«

»Wenn der Chef nichts dagegen hat«, sagte Sofia.

Fee rannte weg, um das Haus herum, über den Hinterhof zum Stall. Der Chef, der Chef! Warum nannte Sofia Papa bloß immer so? Was war ein Chef? Eine Art König im Kleinen, der das Zepter schwenkte. Papa schwenkte allerhöchstens die Hand, und das bedeutete dann *Hallo* oder *Guten Tag* oder *Tee bitte* oder *Komm und lies mir was vor*. Aber es bedeutete nie: *Sofia darf noch kurz reinkommen und mit Mama ein Gläschen trinken*, oder: *Sofia darf auf gar keinen Fall reinkommen und mit Mama ein Gläschen trinken.*

»Erst die Tiere zählen«, sagte Fee laut. »Erst alle Tiere zählen, und dann ... dann ...«

Sie warf einen Blick über die Schulter auf Papas Werkstatt. Da brannte kein Licht. Gab es vielleicht noch genug Tageslicht, um etwas zu tun, zu lesen oder zu zeichnen? Oder etwas zu bauen? So wie ihr Puppenhaus, die Villa Felicitas? Wie viel Staub müsste Papa nicht zuerst davon hinunterpusten, bevor er daran weiterbaute? Dann steckte er in einer grauen Staubwolke, im grauen Dämmerlicht der Werkstatt. Eine schöne Villa würde das werden!

»Tag, Stine und Triene und Joop!«, rief Fee den Ziegen zu. »Eins, zwei, drei. Tag, Hahn und Hühner, vier, fünf, sechs, sieben, acht, neun. Hallo, Gänse am Weiher, zehn, elf, zwölf, dreizehn, vierzehn. Tag, dicker runder Boris, du verschlafene Niete von einem Wachhund. Fünfzehn. Na, alte graue Josefien? Komm mal her!«

Fee bückte sich, um Josefien auf den Arm zu nehmen. »Sechzehn!«

Mit der Katze über der Schulter überquerte sie den Hof zur Werkstatt, gefolgt von einem vor sich hin zockelnden Boris. Sie trat die Tür mit dem Fuß auf.

»Bist du hier?«, rief Fee. Das rief sie immer und nie wartete sie auf eine Antwort. »Du bist das siebzehnte Tier.« Ganz leise sagte sie das zu dem rot-grün karierten Hügel auf der Couch in der Ecke. »Ich bin wieder da!«, sagte sie etwas lauter. Sie machte sieben Schritte und pflanzte Josefien oben auf den rot-grünen Hügel.

Der Hügel geriet in Bewegung, er bekam Füße, große Füße, und lange Arme mit großen Händen dran und einen großen Kopf mit langen, wirren Haaren. Und eine Stimme.

»Na, mein Kind?«

»Na, mein Vater?«

»Da bist du ja.«

»Ja.«

»Hast du die Zeitung?«

»Ja!« Fee schlug eine unsichtbare Zeitung in voller Breite auf. »Ein Erdbeben!«, tönte sie. »Hundert Menschen tot. Und tausend tote Tiere. Krieg im Osten und Norden und Westen und

Süden. Tausend Bomben und Granaten. Staatsoberhaupt enthauptet. Orkan. Ozeandampfer gesunken, fünfhundert Leute ertrunken. Es folgt der Wetterbericht: in Mittelbrabant dichter bis sehr dichter Nebel. Kinder, die abgelegen wohnen, können morgen nicht zur Schule!«

Langsam richtete sich Papa auf. »Kleiner Fantast!«, sagte er und scheuchte Josefien von seinem Bauch herunter.

»Habe ich von dir. Soll ich Tee für dich kochen?« Fee war schon auf dem Weg nach draußen, um den Kessel an der Pumpe zu füllen. Auf der Schwelle zögerte sie kurz. Sie wartete auf Papas Stimme: *Nein, nein, das mache ich schon. Ich stehe auf. Jetzt darfst du mal faul sein! Setz dich schön hierher mit der Katze und dem Hund und dem geheimen Schokoladenvorrat, den ich heute zufällig wiedergefunden habe ...*

»O ja, gern, Tee«, sagte Papa gähnend.

»Nicht wieder hinlegen!«, rief Fee, als sie zurückkam. »Und kämm dir die Haare. Du siehst aus ... du siehst aus wie das, woraus man Besen macht.«

»Was sagst du da?«, sagte Papa. »Wo ist Mama?«

Fee war mit dem Spiritusbrenner beschäftigt und antwortete nicht. Mama unterhielt sich mit Sofia in der Küche und sie tranken aus kleinen Gläsern dieses eklige Zeug aus unreifen Walnüssen, das sie zusammen gemacht hatten. Eigentlich müsste Fee Papa am Wickel fassen, ihn hochzerren, aus der Werkstatt schieben, über den Hof und in die Küche, ihn dort auf einen Stuhl zwischen Mama und Sofia hinpflanzen. Aber Papa war einen Meter achtundneunzig und Fee nur einen Meter vierundfünfzig groß.

»Hier, Paps, dein Tee.«

Fee stieg über Boris und Josefien hinweg und setzte sich neben der niedrigen Couch auf den Fußboden. Sie wärmte sich die Hände an ihrem Becher. Nicht nur ihre Hände glühten, sondern auf einmal auch ihr Gesicht. *Einen anderen Vater.* Angenommen, dann säße da jetzt ein fremder Kerl und würde ihr vielleicht mit seinen fiesen Fremde-Kerle-Händen über den Kopf streicheln. Nein, nein! Denselben Vater wollte sie, das heißt den hier, bloß anders. Das meinte sie. Anders. Ein bisschen mehr wie andere, normale Väter, so wie der von Nettie vom Gemüseladen und Barbara vom Doktor und Liesbeth von der Metzgerei.

»Was hast du heute gemacht?«, fragte Fee, während sie in ihren Becher pustete.

»Ach, ich habe mir eine fantastische Maschine ausgedacht! Ich habe die ganze Zeichnung fertig im Kopf und auch schon einen Namen für sie!«

»Tatsächlich?«

»Ja. Sahara! Klingt schön, nicht?«

»Uuund ... was kann *Sahara*?«

»Na, was denkst du?«

»Denk-denk-denke-di-denk, keine Ahnung.«

»Die Wäsche trocknen!«

»Wirklich? Ist ja praktisch.«

Fee pustete noch fester in ihren Tee, um nichts mehr sagen zu müssen. Zum Beispiel nicht Folgendes: *Wie hast du dir das denn vorgestellt, die Wäsche mit einer Zeichnung in deinem Kopf trocken zu bekommen?*

»Du, Papa«, begann sie dann, »Papa, wenn es was wird, ja, wenn es wirklich was wird mit der Sahara und du – ich meine: wir – haben was davon, könnte man dann sagen, du … äh … du wärst Erfinder?«

»Doch, ja«, sagte Papa. »Ja, das könnte man durchaus so sagen, doch. Damit hättest du vielleicht sogar recht ... Erfinder ...«

Fee stellte ihren Becher ab, hob Josefien vom Boden hoch und drückte ihr Gesicht in den Katzenbauch. »Wer ist denn dieses Mädchen da? Das ist doch Fee, du weißt schon! Fee, die Tochter des Erfinders!«, schnurrte sie in das dicke Tigerfell. Josefien schnurrte laut zurück. Auch sie fand, dass sich das sehr schön anhörte.

»Und«, sagte Papa, »was hast du denn heute gemacht? Wie war's bei den Nönnchen?«

»Den Schwestern«, verbesserte ihn Fee. »Außerdem haben wir nur Schwester Michaela für Religion und Schwester Bernardina für Handarbeit. Sonst ganz normale Lehrerinnen. Auch ganz normal angezogen, das weißt du genau.«

»Und wo stecken all die anderen Nönnchen, äh, Schwestern?«

»Na ja, die sind alt – eine, Schwester Immaculata, die geht am Stock und hat sooo eine Brille – oder sie sind vielleicht nach Afrika, in die Mission, oder sie müssen die Flure im Kloster putzen und die Wäsche machen und so ... Jetzt bleib doch mal aufrecht sitzen, Papa! Erzähl weiter von deiner Maschine. Wie sie funktioniert. Warte, ich hole schnell Bleistift und Papier, bevor du wieder alles vergisst!«

Auf Papas Arbeitstisch lag der dicke Skizzenblock. Fee blätterte durch alle unfertigen, vergessenen Zeichnungen, bis sie eine leere Seite fand. Dann spitzte sie die Buntstifte einen nach dem anderen mit dem Anspitzer und schrieb mit Braungelb auf die leere Seite des Skizzenblocks: *SAHARA. Angefangen am Mittwochnachmittag, dem 5. November neunzehnhundertachtundfünfzig.*

»Hier, Papa, nimm und fang an! Und zwar jetzt!«

Als Fee mit Hund und Katze den Hof zur Küche überquerte, verabschiedete Sofia sich gerade, ihr Fahrrad schon an der Hand. Sie machte sich am Dynamo zu schaffen.

»Warte«, rief Fee, »ich mache das!«

Mama stand in der Tür. »Bis bald, ja?«, sagte sie. »Und komm gut heim!«

Fee klickte den Dynamo in die richtige Stellung, mit dem besonderen kleinen Klick. Es klappte auf Anhieb, das bedeutete etwas. Es bedeutete, dass Sofia sicher sein würde auf dem dunklen Sandweg, auch hinter der Kurve, wo Fee sie nicht mehr sehen konnte, und auch bei dem Eulenwäldchen, wo es so spukte.

Sofia bedankte sich noch nicht mal dafür.

»Sag dem Chef, er soll schnell den Baum wegräumen. Ist schönes Brennholz. Tschüs, mein Kind!«

Fee vergaß, den Gruß zu erwidern. Sie hatte keine Zeit, sondern starrte angestrengt auf das schwarze Herrenrad, erst mit Sofia daneben und dann mit Sofia darauf. Und wieder hatte Fee ihn nicht genau mitbekommen, diesen Schwung, den sie machte, wenn sie mit wehendem Rock und wehendem Mantel eines ihrer langen Beine über das Rad schwang …

Und da fuhr Sofia, in einem großen Bogen über den Hof, durch das kleine Tor, hinaus auf den Sandweg. Sie sah aus wie eine riesige Krähe, eine Krähe mit einem roten Rücklicht.

~2~

Man war entweder aus dem Dorf oder aber von außerhalb. War man aus dem Dorf, dann wohnte man im Haus des Doktors oder hinter dem Fischgeschäft oder dem Süßwarenladen oder in einem der Arbeiterhäuser hinter der Fabrik. Oder über dem Gemüsegeschäft, wenn der Gemüsemann und die Gemüsefrau deine Eltern waren. War man aus dem Dorf, dann brauchte man einfach nur über den Platz zu gehen und hatte gleich jemanden zum Spielen. Es war besser, man war aus dem Dorf, dann war man irgendwie mehr. Von außerhalb zu sein hieß, man war weniger wichtig. Die meisten Mädchen waren aus dem Dorf. Fee war natürlich von außerhalb, mit noch acht weiteren Mädchen. »Zusammen nach Hause!«, rief Fräulein Raaymakers immer, wenn ihre kleine Gruppe nach der Schule nach links abbog. Die aus dem Dorf gingen nach rechts, rennend und schreiend. Die aus dem Dorf brauchten nicht zusammenzubleiben und stoben in sämtliche Richtungen davon. »Zusammen nach Hause, ihr da!«, rief Fräulein Raaymakers Fees Gruppe hinterher, »und dass ihr mir schön beieinanderbleibt!«

Fee wünschte sich, sie würde das nicht rufen. Warum musste man zusammenbleiben? Was, wenn man es nicht tat?

Sie blieben nie zusammen. Zuerst schieden die Mädchen aus Niederländisch-Indien aus, kurz hinter der zweiten Brücke. Da stand Haus Waldeslust. Das war nicht ihr richtiges Haus; die »indischen« Mädchen hatten keins. Sie hatten übrigens rein gar nichts, noch nicht mal Sachen zum Anziehen. Die blaue Wolljacke zum Beispiel, die Laura Lacroix trug, hatte letztes Jahr noch Fee gehört, aber das wusste Laura zum Glück nicht. Sie war ihr viel zu weit, die Jacke; das kam, weil sie außer Sommerkleidern nichts besaß. Sie war gerade erst in die Niederlande gekommen. Die indischen Mädchen wohnten mit nicht weniger als fünf Familien zusammen in der Pension. »Gar nicht auszudenken«, sagte Mama mitunter, »nirgendwo einen Ort für sich!« Fee winkte und lächelte ihr kurz zu, als sie abbogen; ganz vorsichtig hinter dem Rücken der anderen, denn die anderen duldeten das nicht. Die indischen Mädchen sagten immer höflich »Bis morgen«, aber keiner antwortete ihnen jemals.

Danach schieden die anderen Mädchen aus, die reichen. Die mussten beim Schwarzen Weiher nach links, zu den neuen Häusern. Fee wusste, dass die reichen Mädchen nach der Kurve absichtlich langsamer gingen, um sich von den Jungs einholen zu lassen. Fee würde das niemals wollen. Fee wünschte sich, die Jungenschule wäre nicht eine Viertel-, sondern lieber eine halbe Stunde später zu Ende als die Mädchenschule.

Nach dem Schwarzen Weiher waren nur mehr sie und Dymfy übrig. Solange Dymfy den Mund hielt, war das Fee gerade recht. Dann konnte sie ein bisschen vor sich hin summen und spielen, Eicheln auflesen und wegwerfen und nachschauen, wo sie gelandet waren, und sich überlegen, was das bedeutete. Aber wenn Dymfy redete, war es Fee ganz und gar nicht recht. Dymfy konnte nur über Schmutziges reden, schmutzige Dinge, die Tiere miteinander machten, und noch schmutzigere, die Menschen miteinander machten. »Soll ich es dir mal zeigen?«, fragte Dymfy dann.

Heute redete Dymfy. Fee zog sich ihre Kapuze über die Ohren; es half nicht. Sie summte ein selbst ausgedachtes Lied, aber Dymfys Stimme tönte einfach mitten hindurch.

»Soll ich ...«, sagte Dymfy.

Fee spurtete davon. »Wer zuerst beim Wegweiser ist!«, schrie sie. Sie selbst natürlich. So schnell wie sie lief keiner.

Fee kreiselte einige Male um den Pfosten des Wegweisers, zog die Kapuze von ihrem erhitzten Kopf und schaute, wo Dymfy blieb. Ein alter Mann radelte langsam vorbei. Ein Pferdegespann kam angefahren, die Hufeisen klapperten auf dem Klinkerpflaster. Schön hörte sich das an, wie Musik. Fee schloss die Augen. Dann auf einmal endete die Musik: Das Pferd war in den Waldweg abgebogen. Sie öffnete die Augen wieder und schaute die leere Pflasterstraße entlang. Nichts als Bäume; dicke Bäume, aber nicht dick genug, um Dymfy zu verbergen.

»Wenn jemand mit einem Mal verschwunden ist«, sagte Fee laut, während sie sich umdrehte und weiterging, erst ganz langsam, dann aber immer schneller, »wenn jemand mit einem Mal verschwunden ist, dann kann man so lange rufen, bis man Antwort bekommt, oder so lange warten, bis sie von selbst wieder auftaucht, oder zurückgehen und überall nachschauen, oder ...« Es musste doch noch mehr Lösungen geben! »Oder ... oder sich überlegen, dass sie überhaupt nicht verschwunden ist, sondern heimlich eine Abkürzung durch das sumpfige Bocksvenn nimmt, um früher zu Hause zu sein.«

»Soll sie doch machen, was sie will!«, keuchte Fee. »Zusammenbleiben, hat die Lehrerin gesagt. Also ich, ich bin zusammengeblieben, aber sie ist ausgebüxt, und wenn ihr dann beim Bocksvenn etwas zustößt, etwas ... etwas Schlimmes, dann ist das nicht meine Schuld.«

Fee lief weiter bis zu der Weggabelung, an der Dymfy immer geradeaus und sie selbst abbiegen musste, und rannte den Sandweg entlang. Aber kurz darauf bekam sie Seitenstechen. Sie stolperte weiter bis zum Annastein und setzte sich, um wieder zu Atem zu kommen. Der Annastein lag am Anfang des Annawegs. Ganz an dessen Ende stand Fees Haus und auf halbem Wege das von Sofia. Weiter gab es nichts dort. Bäume; Bäume, wohin man schaute. Buchen. Eichen. Tannen. Birken. Lärchen. Stechpalmen. Spähte man zwischen den Stämmen hindurch, dann sah man in der Ferne einen hellgrünen Fleck, das war die Wiese vom Berthahof. Wandte man sich auf dem Stein sitzend um und spähte zwischen den Stämmen hindurch zur anderen Seite des Wegs, dann sah man nichts als Stämme und kahle herabgefallene Äste und Fliegenpilze und faulende Röhrlinge und die schwarzen, splittrigen Stümpfe von umgeknickten Fichten. Und wenn man sehr lange starrte, dann war es, als geriete alles auf einmal in Bewegung, als bekämen die Baumstümpfe große Stolperfallenfüße und als kämen sie wie ein Haufen böser Zwerge auf einen zu.

Fee drehte den Zwergen den Rücken zu; aufspringen und davonrennen durfte sie nicht. Sich vor dem Wald fürchten, das war etwas für lasche Dorfkinder. Aber sie war von außerhalb. Sie wohnte jetzt schon fast ein Jahr in diesem Wald. Wovor sollte sie Angst haben?

Langsam las sie zehn Tannenzapfen auf. Den dicksten warf sie mitten auf den Weg. Wenn sie den mit allen anderen traf, dann war Dymfy nichts Schlimmes passiert. – Daneben. Wieder daneben. Sieben war sicher auch genug. Wenn sie den dicken da mit den sieben übrigen Tannenzapfen traf, war Dymfy zwar vielleicht etwas passiert, aber nichts Schlimmes. Kein bärtiger Hilbrand hatte sie mitgenommen, keine Warzen-Eulalie, die Mädchen hasste, hatte sie gekratzt, kein Franz-Josef, der seine Mutter schlug und verrückt war, sie gepackt. Sie war zum Beispiel bloß beim Totenmannsloch im Schlamm eingesunken. Mit einem Bein.

Sie warf noch einen Tannenzapfen, aber der blieb zu lange an ihrer Hand kleben. Daneben. Und noch einen und wieder ... Nur ein einziges Mal traf sie. Einmal, das war bestimmt nicht genug. Aber sie konnte auch beten, fiel Fee plötzlich ein. Doch, sie wusste, wie das ging, sie hatte es die anderen in der Schule oft genug tun hören. Sie selbst musste nie, sie war anders. Wenn man anders war, dann brauchte man nicht. Aber man durfte schon. Schwester Michaela merkte es immer, wenn sie mitmachte, und dann lächelte sie Fee auf eine ganz besondere Art zu. Aber ob ihr lieber Herrgott auch Fee erhören würde, die anders war, nicht von hier, und die nicht dazugehörte? Bestimmt nicht. Besser, sie suchte sich einen normalen Heiligen aus, zu dem sie betete, einen ganz alltäglichen Heiligen, der zufällig aus dem Himmel herabschaute und sie auf diesem kalten Stein sitzen sah. Fee faltete die Hände. Es fühlte sich eigenartig an, irgendwie falsch. »Heiliger Antonius, guter Mann, hilf mir, dass ich Dymfy wiederfinden kann.«

Fee sprang auf, kickte mit den Füßen die Tannenzapfen beiseite und rannte den Annaweg entlang. Beten! War sie verrückt geworden? Beten für dieses Bauernkind mit seinen schmutzigen Reden und dem Kuhgestank um sich und den Resten von Frühstücksbrei zwischen den Zähnen!

Sofia stand neben ihrem Haus mit der Axt in der Hand.

»Du bist aber spät dran.«

»Unmöglich. Ich bin gerannt.«

»Du hast auf dem Stein gesessen.«

»Woher weißt du das? Hast du mich beobachtet?«

»Ach was, ich weiß alles. Ich weiß zum Beispiel, dass deine Mutter schon nach dir Ausschau hält.«

»Das kannst du von hier aus doch gar nicht sehen.«

»Ich brauche nichts zu sehen. Ich weiß alles auch so.«

Dann musste Sofia auch wissen, dass Fee am liebsten hereingekommen wäre und sich in die Ecke neben dem Herd gesetzt hätte, um sich Sofias Geschichten anzuhören. Aber Sofia deutete mit einem strengen Kopfnicken in Richtung von Fees eigenem Zuhause, schwenkte die Axt hoch über den Kopf und spaltete das Holzstück mit einem einzigen Schlag entzwei.

»Tschüs«, sagte Fee unhörbar, als sie weiterging.

Hinter der Kurve lief sie wieder los; sie rannte bis zu ihrem Tor. Mama hatte überhaupt nicht nach ihr Ausschau gehalten. Fee sah sie in der Ferne, da, wo der Annaweg aufhörte, plötzlich zum Vorschein kommen. Sie kam vom Kuhpfad, mit Boris. Die Art, wie Boris sich bewegte, brachte Fee immer zum Lachen. Er galoppierte, allerdings ganz langsam, als wäre um ihn herum keine Luft, sondern etwas viel Zäheres; etwas, wodurch er überhaupt nicht vorwärtskam.

»Na, dicker, lahmer Boris? Na, Mama?«

»Du bist aber spät dran, Mädel.«

»Überhaupt nicht.«

»Doch. Dymfy ist längst zu Hause und hat schon die Kartoffeln geschält. Einen ganzen Eimer voll. Du wärst plötzlich ganz schnell davongerannt, hat sie gesagt.«

Fee schaute in die blaue Schüssel, die Mama in der Hand hielt: ein Klumpen Butter vom Berthahof.

Heiliger Antonius, guter Mann, mach, dass der bärtige Hilbrand Dymfy finden kann, oder sonst die Warzen-Eulalie oder Franz-Josef mit seinen Händen wie Kohlenschaufeln ...

»Was murmelst du da wieder für einen Unsinn in dich hinein?«, fragte Mama lachend.

»Nein. Keinen Unsinn ...«, sagte Fee langsam. »Du, Mama?«

»Mmh?«

»Wenn du dir wegen jemandem Sorgen machst ...«

»Ich habe mir keine Sorgen gemacht. Ich weiß ja, dass du keine dummen Sachen anstellst.«

»Jetzt hör doch mal zu, Mama! Wenn du dir Sorgen machst, ich meine, wenn irgendwer dir absichtlich Sorgen macht und du hast die ganze Zeit Angst, dass ihr etwas passiert ...«

»Was denn?«

»Na, etwas Schlimmes halt, du weißt schon. Du hast also die ganze Zeit Angst, dass ihr irgendwas passiert und dass es dann beispielsweise deine Schuld ist, weil du sie unterwegs verloren hast. Obwohl du sie noch gar nicht mal richtig magst. Und währenddessen hockt sie einfach zu Hause und schält Kartoffeln. Hat das einen Namen?«

»Ja«, sagte Mama. »Felis Hirngespinste.«

~3~

»Du darfst gern mal eine Freundin am Samstagnachmittag hierher einladen«, sagte Papa auf einmal. »Ich meine, du musst nicht denken, ich hätte etwas dagegen oder es würde mich stören.«

Fee schaute hoch von ihrem Buch. »Das denke ich auch nicht.«

»Gibt es denn gar keine netten Mädchen in deiner Klasse?«

Fee seufzte. Gab es nette Mädchen in ihrer Klasse? Nein, natürlich nicht! Na ja, eins vielleicht. Laura mochte sie, aber wenn sie mit Laura spielen wollte, sagten die anderen: »Glaub ja nicht, du dürftest jemals wieder bei uns mitmachen, wenn du dich mit dieser Blauen abgibst!« Und dann sagte Laura leise: »Ich gehe schon«, und Fee stand die ganze große Pause über allein da.

»Nein«, sagte Fee also. »Aber das ist mir egal.«

»Du langweilst dich nicht?«

»Nein. Du?«

Papa bewegte die Hand über seinem Kopf. *Ich denke ganz tief nach*, wollte er damit sagen.

»Warum läufst du eigentlich so idiotisch herum?«, fragte er dann.

Fee schaute an sich hinab und knöpfte daraufhin wie wild ihren Rock auf. »Hab vergessen, ihn auszuziehen«, murmelte sie.

»Aber ...«

»Die Schwestern erlauben nicht, dass wir in Hosen zur Schule kommen. Da muss ein Rock drüber.«

Papa patschte sich mit der Hand auf die Stirn.

Fee sprang auf, warf den Rock in eine Ecke und machte einen Handstand gegen den Arbeitstisch. »Schau, Papa!«

»Tja«, sagte Papa, »so hast du irgendwas Kopfübernes.«

»Und du, du hast etwas Waagrechtes«, sagte Fee und landete wieder auf den Beinen. »Wie findest du meine Hose? Sie hat so blaue Karos. Wenn man ganz genau hinschaut.«

»Sehr schön«, gähnte Papa mit geschlossenen Augen. »Mit der Hose und der Struppi-Frisur siehst du aus wie ein entlaufener Waisenknabe. Ist Mama die Schere gestern nicht ein bisschen zu sehr ausgerutscht?«

»Nein, nein. Es ist genau richtig.« Fee verschwieg ihm, dass sie gestern beim Blick in den Spiegel fast hatte weinen müssen. Und dass sie am Morgen in der Schule fast geweint hatte, weil die anderen sie einen Truthahn nannten. Und Laura daraufhin schüchtern gemeint hatte: »Ist gerade schön, die weichen Büschel.« Und dass sie da fast wieder hatte weinen müssen wegen dem, wie Laura das gesagt hatte, mit ihrer besonderen Art zu reden.

»Papa«, sagte Fee, »du kannst es ja nicht sehen, so von der Couch aus, aber Mama ist in der Scheune und hängt Wäsche auf und bei diesem Wetter trocknet rein gar nichts. Das heißt, nächste Woche gibt es keine sauberen Sachen.«

»Ach«, sagte Papa.

»Meiner Meinung nach ...«, fuhr Fee fort. Sie fasste einen Zipfel der karierten Decke und begann sachte zu ziehen. »Meiner Meinung nach kannst du viel besser zeichnen, wenn du an deinem Arbeitstisch sitzt. Dann wird das Ganze wenigstens ein bisschen gerade. Und wenn du dann mit dem Zeichnen fertig bist, kann ich dir beim Bauen helfen.«

»Beim Bauen?«, fragte Papa.

»Ja. Beim Bauen der Sahara. Damit Mama etwas davon hat.« Fast hätte sie gesagt: *damit Mama etwas von dir hat.*

»Tja«, sagte Papa, »eigentlich hatte ich schon wieder eine andere hübsche Idee, und zwar eine praktische Maschine, die den Ziegenstall ausmistet ...« Er setzte sich auf und bückte sich nach dem Skizzenblock, aber Fee war schneller. Mit der einen Hand riss sie ihm die Decke weg, mit der anderen hob sie den Skizzenblock vom Boden auf und hielt ihn in die Höhe. Jetzt hatte sie Papa aber drangekriegt!

Doch Papa ließ sich wieder in die Kissen fallen. »Das hier ist eigentlich eher die Jahreszeit zum Grübeln, meinst du nicht auch?«

»Zum Grübeln?«

»Zum Nachdenken über die Dinge, zum Philosophieren ...«

Fee ließ die Decke sinken und auch den Skizzenblock. »Zum Phi-lo-so-phie-ren«, sagte sie. »Tja ...«

Ihr Gesicht wurde glühend heiß: Sie philosophierte über Väter. Zum Beispiel den Vater von Nettie vom Gemüseladen. Das heißt den Gemüsemann. Der rannte mit riesigen Säcken und Kisten hin und her, und wie flott er das tat! Wenn sie für Mama Apfelsinen und Zitronen holen musste, war sie immer gleich im Handumdrehen an der Reihe. Aber der Vater von Nettie war mager und schmutzig und lachen tat er nie. Papa war schön sauber und dick und lachte ziemlich oft.

Dann eben der Vater von Liesbeth von der Metzgerei. Wenn sie mit Mama zum Metzger ging, um Schlachtabfälle für Boris und Josefien zu holen, bekam sie von ihm immer ein Riesenstück Wurst, obwohl sie fast nie Fleisch kauften. Der Metzger war rund und rosig. Er schnitt und haute und mahlte, er spaltete Schweinefüße wie nichts, er warf Fleischstücke im hohen Bogen auf die Waage und traf niemals daneben. Er schaute Mama mit leuchtenden kleinen Augen an und nannte sie »Mädelchen«. Wenn Fee ihn, den Metzger, zum Vater nahm, durfte sie vielleicht in diesem blitzblanken Geschäft helfen, genau wie Liesbeth. Durfte sie abwiegen. Durfte sie *Wie viel dürfte es denn bitte schön sein* zu den Kunden sagen. Bekam sie allerdings auch Liesbeth zur Schwester. Aber wenn die sich ihre krausen roten Zöpfe abschneiden ließ, wäre es schon etwas anderes ...

»Was hast du denn wieder zu seufzen?«

»Nichts, Papa.«

Fee warf die Decke zurück, trat entschlossen zum Arbeitstisch und legte dort den Skizzenblock hin; aufgeschlagen hatte sie ihn bei *SAHARA*. Dann stampfte sie zur Tür.

»Felicitas, warum gehst du? Was hast du vor?«

»Den Ziegenstall ausmisten. Brennholz sammeln. Wintermöhren ausgraben. Die Tiere füttern. Mama beim Kochen helfen.« Fee schlug die Werkstatttür laut hinter sich zu. Dann öffnete sie sie wieder. »Metzger De Haas sagt immer ganz lieb ›Mädelchen‹ zu Mama!«, rief sie hinein.

Unterwegs zum Ziegenstall bekam Fee einen Riesenappetit auf Wurst. Das überkam sie öfter. Oder auf Speck, gebratenen Speck. Speck, der zischte. Wenn sie dann mehrmals hintereinander *Schweinchen, liebes Schweinchen* sagte, war es meistens schon vorbei, aber diesmal nicht. Das lag natürlich daran, dass sie an den Metzger gedacht hatte, den runden, rosigen, glänzend gewienerten Metzger.

»Aber er ist einen Kopf kleiner als Mama«, seufzte Fee. »Das ist wirklich nicht zum Ansehen.«

Bevor Fee den Ziegenstall betrat, drehte sie sich noch kurz zum Werkstattfenster um. Die Lampe auf dem Arbeitstisch brannte. Nein, sie durfte nicht gehen und nachschauen, sondern musste unverzüglich all die Dinge tun, die sie aufgezählt hatte. »Wenn ich jetzt nachschaue«, sagte sie, »dann bedeutet das Licht bloß, dass er seinen Tabak sucht. Oder sein Taschentuch. Oder sein Märchenbuch zum Einschlafen.«

Mal angenommen, Papa würde diese Wäschetrockenmaschine wirklich erfinden und es wäre ein unheimlich praktisches Ding – Fee sah eine große Wäschespinne vor sich mit Leinen, an denen alles flatterte, und darüber eine große Kugel mit einem Mund, aus dem ein Saharawind kam, allerdings ohne Sand – und er verkaufte die Erfindung an eine Fabrik und bekam einen Haufen Geld dafür ... Aber dann würden sie vielleicht in so ein neues, weißes Haus ziehen und sie gehörte dann zu den reichen Mädchen mit ihren elenden Samtbändern in ihren elenden gewellten Haaren und mit ihren elenden Namen, Marie-Thérèse und Claire und Yvonne. Und immer ihre elenden Fragen! *Woher kommst du? Wa-*

rum redest du so komisch? Warum hast du so einen verrückten Namen? Was macht eigentlich dein Vater?

Beide Fäuste auf die Augen gepresst, drehte sich Fee noch einmal um. *Eine ziemlich praktische Maschine bitte, Papa, aber auch bitte nicht zu praktisch.* Rasch zog sie ihren Overall an und zwängte ihre Füße in die Holzschuhe. Sie waren ihr schon wieder fast zu klein. Vielleicht konnten sie sie unbemerkt Laura schenken? Ach nein, Lauras schmale braune Füßchen in den groben, harten Holzschuhen, nein, das durfte nicht sein. Das tat weh.

Indonesien – das alte Niederländisch-Indien – war warm. In »Indien«, wie die Leute immer noch sagten, ging man barfuß und in einem Kleid ohne Ärmel. Weiß womöglich. Mit Stickereien. Oder einer kurzen Hose mit Streifen. Gab es dort Schlangen und Skorpione, vor denen man sich in Acht nehmen musste? Und gab es auch nette Tiere, weiche, zahme Ferkel zum Beispiel? Konnte man eine, die aus ihrem Land fortgejagt worden war, so etwas fragen? Vielleicht hatte Laura ja ein Lieblingsferkel gehabt und es zurücklassen müssen und der Feind hatte es aufgefressen.

Fee betrachtete ihre Beine in dem Overall, ihre Füße in diesen harten, klobigen Holzdingern. Sie trat in den Stall, nahm die Mistgabel und scharrte wie besessen das schmutzige Stroh zusammen, als würde sie ein ganzes Nest gefährlicher tropischer Tiere ausrotten.

Als Mama ihr helfen kam, war sie schon fast fertig.

»Aber Mädel, wie hart du arbeitest! Ich gehe gleich und hole die Tiere.«

»Nein. Das mache ich.«

»Dann nimm die Stalllaterne mit.«

»Ist nicht nötig. Es ist noch hell genug.«

»Dann nimm Boris mit.«

»Die Ziegen mögen Boris überhaupt nicht.«

Bei der Hinterpforte drehte Fee sich um. Mama hatte die Stalllaterne angezündet und das Fenster von Papas Werkstatt war hell erleuchtet. Als sie hinter der Kurve wieder zurückschaute, sah sie nur noch Bäume und Sträucher und den Dachfirst. Weit weg, wo Sofias Haus stand, brannte ein schwaches Licht, wie von einer Kerze.

Fees Holzschuhe klapperten über den Pfad. Der Himmel war zwar noch ein bisschen hellblau, aber hier unten herrschte Dämmerung und sie musste gut achtgeben, um nicht über die gewundenen Baumwurzeln zu stolpern. Sie sahen aus wie Schlangen, die alle zusammen den Pfad überquerten. Direkt neben ihr flog schreiend ein Fasan aus dem Gebüsch.

»Dummes Viech!«, keuchte Fee. »Mich so zu erschrecken!«

Auf Zitterbeinen stolperte sie weiter. »Glaub ja nicht, ich hätte Angst! Ich gehöre ebenso gut hierher wie du ... wie ihr, ihr alle, Tiere oder Geister, die ihr euch hier versteckt. Ihr seid ja alle Feiglinge!«

Die Ziegen hatten sie herankommen hören und standen leise meckernd am Gatter der Wiese. »Bin schon da«, sagte Fee. Sie öffnete das Gatter und fasste Joop an seinem Halsband. »Los, kommt schön mit. In den sauberen Stall. Mit sauberem Stroh.

Und einem schönen Haufen Heu. Da seid ihr sicher vor den Wölfen und den Bullenbeißern und den Lämmergeiern und den Viehdieben und den Straßenräubern und ...«

Stine und Triene trabten schon vor ihr her über den Pfad. »Wartet!«, rief Fee. »Wartet auf mich!« Sie ließ sich von dem Bock fortzerren und hätte fast ihre Holzschuhe verloren.

Ein dicker Ast fiel neben ihr auf den Weg. Sie war sich sicher, dass Franz-Josef ihn geworfen hatte, dass Franz-Josef sich ein Stück weiter versteckt hielt, hinter dem Stechpalmenwäldchen, um den Ziegen, um ihr etwas anzutun! Aus ihrem Hals kam plötzlich so ein merkwürdiger Laut, dass Joop ruckartig stehen blieb und verwundert zu ihr aufschaute.

»Das war ich nicht«, sagte Fee. »Guck mich nicht so dumm an! Das war irgendein Tier, das gehustet hat oder so.«

Da stand sie also, mit hämmerndem Herzen und vor Angst zitternd an den Ziegenbock gedrückt. Wie Laura sie jetzt auslachen würde, Laura, die bestimmt barfuß an Schlangen und Skorpionen vorbeigelaufen war, die vielleicht auch im Dunkeln zum Fluss gemusst hatte, um den Wasserbüffel heimzuholen, und zwar ohne die Angst, ein glänzender brauner Mann mit einem Tuch um den Kopf und einem Messer in der Hand könnte plötzlich aus dem Nichts hervorspringen.

Über Fees Kopf begannen die Eulen, nacheinander zu rufen. Sie griff fester nach Joop. »Komm schön mit, lieber Wasserbüffel«, sagte sie laut. »Du brauchst überhaupt keine Angst zu haben, ich bin ja bei dir.«

Als Papa in die Küche kam, brachte er Fees Rock mit und hängte ihn über einen Stuhl. »Warum muss das Kind in der Schule so lächerlich herumlaufen?«, fragte er.

»Also, lächerlich ... das Wort finde ich doch etwas übertrieben«, sagte Mama, während sie das Essen auftat.

Gar nicht übertrieben, sagte Fee zu sich. Morgens auf dem Schulweg zog sie den Rock bis unter die Achseln hoch, damit er nicht unter ihrem Mantel hervorschaute, und erst am Schultor ließ sie ihn wieder herunter.

»Wieso machen wir da überhaupt mit?«, fragte Papa wieder und Fee biss sich auf die Lippen, um nicht zu lachen. Wir, hatte Papa gesagt. Sie sah ihn schon mit einem Frauenrock über der Hose herumlaufen!

»Die Schwestern verlangen es nun einmal so«, antwortete Mama etwas gereizt. »Das müsstest du doch noch vom letzten Jahr wissen! Die anderen Mädchen sind im Winter genauso angezogen.«

»Und was passiert, wenn Fee wie ein normales Mädchen in einer normalen Mädchenhose zur Schule geht und nicht wie ein misslungener Grieche aus dem Altertum?«

»Das tut sie nicht«, sagte Mama, »also weiß ich es auch nicht.«

»Aber ich weiß es«, begann Fee. »Von dem einen Mal. Dann muss sie zur Mutter Oberin kommen, das ist die Oberschwester in dem kleinen grünen Zimmer mit dem riesengroßen, traurigen Kruzifix an der Wand, und die Mutter Oberin zubbelt mit ihren dicken, weißen Fingern an ihrer neuen Hose herum und sagt: *Mein Kind, deine Eltern haben versprochen, sich an unsere Regeln zu halten.*

Auch wenn ihr nicht von hier seid, darfst du dennoch nicht so unsittlich gekleidet zur Schule kommen. Sagt die Mutter Oberin. Und dann ...« Aber Papa und Mama hörten nicht zu, sondern unterhielten sich schon wieder über etwas anderes, irgendwas aus der Zeitung, die der Postbote am Morgen gebracht hatte.

Fee streichelte ihre neue graue Hose mit den feinen blauen Karos, genau solchen wie in ihrem Rechenheft. Dymfy trug lange schwarze Strickstrümpfe mit losen Gummis oben, die sie manchmal zeigte, und Laura war neulich mit einem Balletttrikot unter ihrem dünnen Kleid zur Schule gekommen – sie wusste sicher noch nicht, dass das merkwürdig war, so ein Trikot. Ein hautfarbenes Trikot hieß das, wusste Fee, und die anderen hatten Laura ausgelacht und sie gezwickt. Und ihr mit Reisern gegen die Beine geschlagen. »Du möchtest sicher weiß sein!«

»Wer weiß, was für einen Quatsch sie ihr da in dieser Schule beibringen!«, rief Papa.

Ach, sie redeten wieder über sie.

»André!«, sagte Mama.

»Demnächst schleppen sie sie noch mit zur Kirche!«

Also schleppen, schleppen ..., dachte Fee. Sie war das eine Mal einfach mit den anderen mitgegangen, sonst hätte sie allein in der Klasse zurückbleiben müssen. Und sie hatte auch zeigen wollen, dass sie wirklich keine »Evangelische« war, denn neben so einer wollte niemand sitzen.

Schwester Michaela war einverstanden gewesen, dass sie mitkam. Hatte sie an die Hand genommen. Und in der Kirche hatte Fee zugeschaut, wie die anderen einzeln nacheinander in so eine

Kabine verschwanden, den »Beichtstuhl«. Man konnte ihre knienden Beine unter dem grünen Vorhang sehen. Und leise Stimmen hören: den Brummbass vom Herrn Pfarrer, der in der angrenzenden Kabine saß, hinter einer kleinen Gitterluke, und dann das jeweilige Kind. Das Kind beichtete alle schlechten Dinge, die es getan hatte – seine »Sünden« –, und dann sagte der Herr Pfarrer, es solle viel beten und dann wäre es nicht schlimm. »Vergebung« hieß das. Verstehen konnte Fee natürlich nichts. Bei Dymfy hatte sie allerdings doch die Ohren gespitzt. Zwischendurch betrachtete sie die hohen Buntglasfenster mit den vielen Farben. »Den Kopf neigen, Kind!«, flüsterte Schwester Michaela ihr immer wieder zu.

»Ich traue ihnen nicht über den Weg!«, rief Papa jetzt. »Diesen flatternden Elstern! Diesen Betschwestern!«

»André!«, rief Mama.

»Marian?«

»Iss!«, sagte Mama.

Unter dem Tisch faltete Fee die Hände und dachte an die großen blauen Augen und das weiche rosige Gesicht von Schwester Michaela.

~4~

»Ich weiß nicht ...«, sagte Fee. »Ich glaube, ich bin zu alt für Märchen. Hast du nichts anderes?«

»Wie wäre es mit *Krieg und Frieden*?«, schnaubte Sofia.

»Pfui nein, keinen Krieg! Und keine Überschwemmung. Und auch keinen Vulkanausbruch.«

Auf Sofias kleinem Tisch sah Fee ein Heft mit auf der Vorderseite einer Frau in einem knallgrünen, sehr tief ausgeschnittenen Kleid daliegen, die von einem Mann umarmt wurde, der einen Hut auf dem Kopf trug. Merkwürdig, dass er den nicht erst abgesetzt hatte, fand Fee. »Und keine Liebe«, fügte sie hinzu.

»So bleibt aber nur wenig zum Vorlesen übrig!«

»Dann erzähl selbst etwas. Etwas von dir. Von früher.«

»Was ist daran denn interessant?«, sagte Sofia, aber Fee sah an ihrem Lächeln, dass ihr schon etwas eingefallen war, wieder eine neue wilde Geschichte.

Ammenmärchen, sagten Papa und Mama immer, aber Fee war anderer Meinung. Wenn man Sofia so sah, glaubte man doch sofort, dass sie irgendwann einmal auf einem Pferd über die Steppen der Mongolei gefegt war! Um nur ein Beispiel zu nennen. Vielleicht war es erfunden, aber gleichzeitig war es auch echt. Das ging bei Sofia. Bei Fee nicht. Wenn Fee mit der Geschichte nach Hause kam, sie hätte eine Katze aus einem Baum gerettet oder ein krummes altes Männlein vor dem Milchkarren weggezogen oder einen halb ertrunkenen Hund am Nackenfell aus dem Totenmannsloch gezerrt, sogar einen ganz bissigen, dann lachte man sie aus, streichelte ihr übers Haar und nannte sie ein Kind und einen Fantasten. Auch dieses eine Mal, als sie wirklich ein herumkrabbelndes Baby von der Straße gefischt hatte, bei der Schule um die Ecke, hatten sie gesagt, sie hätte eine blühende Fantasie. Dabei hatte sie von Fräulein Raaymakers sogar noch einen Kuss dafür bekommen und das Baby hatte eine tropfnasse, unbeschreiblich schmutzige Windel angehabt.

»Einmal ...«, begann Sofia.

»Vor langer Zeit«, ergänzte Fee. »Vor dem Krieg.«

»Ach, *lange* vor dem Krieg!«, sagte Sofia verträumt. »Ich war noch jung. Und schön.«

Fee verbarg ihren Mund hinter der Hand. Sie glaubte Sofia alles, aber nicht, dass sie irgendwann schön gewesen war. Dann würde sie doch jetzt nicht aussehen wie eine Riesenkrähe! Eine Riesenkrähe mit ganz lieben dunkelbraunen Augen allerdings.

»... tanzen, in einem Tanzcafé in der Stadt, mit Freundinnen. Ich hatte ein neues Kleid, selbst genäht, ich war so stolz darauf und mein Haar war kurz geschnitten, zum allerersten Mal, so bis gerade über die Ohren, und mit einem Pony ... Auf der Straße rief man mir hinterher ...«

»Ach, wirklich? Was denn?«

»Staubwedel, Wischmopp, lange Stake mit Perücke. Solche Sachen. Es war mir vollkommen gleich! Wir hinein, und ich hatte noch nicht Platz genommen, da steht schon ein junger Mann vor unserem Tisch und fordert mich auf! Ich musste den Kopf ganz in den Nacken legen, um ihm ins Gesicht zu sehen, so ein Riese war er!«

»Und natürlich wollte er mit einer großen Frau tanzen.«

»Er fand mich schön«, sagte Sofia mit Nachdruck. »Er sprach Englisch, er war Engländer und er fand mich *lovely* und wir tanzten ... Quickstepp ...«

»Ach! Mach mal vor«, bat Fee neugierig.

Sofia sprang auf und begann, summend durchs Zimmer zu tanzen, in den Armen einen unsichtbaren englischen Riesen. Dabei stolperte sie die ganze Zeit beinahe über ihre großen Füße.

»Na ja, so in der Art! Ich konnte es nicht wirklich, weißt du, und er auch nicht, aber wir hatten einen solchen Spaß und meine Freundinnen an ihrem Tisch vergingen vor Neid und Eifersucht. Und dann ...«

»Keine Liebe, hatte ich doch gesagt!«

»Es war keine Liebe! Das sah nur so aus. Er bestellte immer Getränke für mich und meine Freundinnen, aber getanzt hat er nur mit mir. Als er nach ungefähr einer Stunde *marry me* zu mir sagte, hätte ich fast *yes, yes* geantwortet, aber dann fragte er, ob meine Eltern reich seien, ob ich eine gute Arbeit hätte, ob ich allein wohnte und ob er bei mir einziehen könnte, und da hatte ich auf einmal keine rechte Lust mehr.«

»Warum denn nicht?«

»Na ja, er sah so schick aus und so reich in seinem weißen Seidenanzug ... Zuerst hatte ich geglaubt, demnächst bin ich die *Lady* auf einem prächtigen Landgut irgendwo in Sussex oder so ...«

»Aber ...«

»Auf einmal schien es, als wäre er bloß auf der Suche nach einer Gratisunterkunft!«

Fee dachte lang nach. »Ihr wart also beide gleich schlecht«, schlussfolgerte sie dann, wobei ihr der meterlange Engländer in seinem weißen Seidenanzug doch irgendwie unheimlich vorkam.

»Das ist sehr weise gesprochen, junges Fräulein Felicitas!«

»Erzähl noch mal von dem Fußmarsch durch die Pyrenäen«, bat Fee.

»Äh ... der Fußmarsch? Durch die Pyrenäen?«

»Ja! Mit den wilden Schweinen ... den *Wildschweinen* ...«

»Ach, äh ... ja, der Fußmarsch ... äh ... die Wildschweine! Mit ihren fürchterlichen Hauern! Und mein ganzes Zelt in Fetzen! Und Schnee! Mitten im Sommer! Schnee!«

»Ja«, seufzte Fee. Sie kauerte sich in ihrem Stuhl zusammen und duckte sich hinter die verschneiten Dornensträucher, sodass die Wildschweine sie nicht finden konnten. Sie hörte sie ganz nah knurren und grunzen; es waren auch sieben gestreifte Frischlinge dabei, die an ihren Füßen schnüffelten ...

Plötzlich ein Rums, ein knallharter Schlag gegen das Haus. Erschrocken sprangen sie beide auf.

»Aber das ist natürlich Mama!«, sagte Fee lachend.

»Doch nicht schon wieder ein Stein?«, flüsterte Sofia gleichzeitig, die Hand aufs Herz gepresst.

Fee war schon draußen im Flur, als sie sich mit einem Ruck

umdrehte. »*Was* hast du gesagt?«, fragte sie. »Ein Stein, was meinst du? Welcher Stein?«

»Ach, nichts, Kind, nichts.«

»Was für ein Stein? Los, sag schon, Sofia! Was für ein Stein?«

Die Haustür öffnete sich. Erst erschien Mamas Werkzeugkasten, dann Mama selbst. »Na, Felilein? Hier steckst du! Hab ich's mir doch gedacht. Tag, Sofia, ich wollte dir nur kurz mit dem Zaun helfen.«

»Ma? Mama, Sofia sagt ...«

»Komm schnell rein, Marian. Zum Ofen.«

»Mama! Sofia hat gesagt, dass ...«

»Erst noch meine schmutzigen Stiefel nach draußen stellen, ja?«

Fee brauchte nicht mitzuhelfen, meinte Mama.

»Aber ich kann dir doch die Nägel anreichen?«

»Nein, lass nur.«

»Was soll ich denn sonst tun? Wir waren mitten in einer Geschichte und jetzt ...«

»Geh einfach hinein ins Warme. Oder du gehst schon vor nach Hause, Zwiebeln schälen, Möhren schrappen ...«

Warum tust du das nicht selbst?, dachte Fee. *Und warum kommt Papa nicht und repariert Sofias Zaun? Und warum sage ich das eigentlich nicht laut?*

Fee ging nicht hinein und auch nicht schon vor nach Hause. Sie schlenderte hinter das Haus und kletterte erst auf den Holzstapel und von da aus auf den niedrigen Ast der Eiche. Wenn sie sich jetzt hinstellte – würde sie es wagen? –, dann hatte sie einen besseren Überblick und konnte sehen, wer sich über den Pfad näherte oder zwischen den Bäumen versteckt hielt.

Dieser Knall, dieser Schlag, war das wirklich Mama gewesen, die zu laut angeklopft hatte oder aus Versehen mit ihrer Werkzeugkiste gegen die Tür gestoßen war? Aber es hatte sich angehört wie ein Schlag gegen die *Rückseite* des Hauses …

Ein Stein … gegen Sofias Holzhaus, wie klang das? Wenn es ein Stein gewesen war, dann lag der irgendwo, dann musste sie den jetzt suchen. Und wer hatte ihn dann geworfen? Wer außer Sofia selbst und ihr und Mama und Papa und dem Postboten kam überhaupt je hierher? Franz-Josef vielleicht? Die Warzen-Eulalie? Der bärtige Hilbrand? Einer von Dymfys unzähligen Brüdern?

Fee schlang die Arme um den Eichenstamm, zog sich hoch und stellte sich vorsichtig und auf Zehenspitzen auf den Ast. Sie sah den nassen, dunklen Sandweg, die nassen, dunklen Baumstämme, die nassen, dunklen Sträucher. Sie sah eine Amsel. Sie sah das Dach von Papas Werkstatt; aus dem Schornstein kam ein kleines Rauchwölkchen. Sie sah Schemen zwischen den Baumstämmen und über den Sträuchern: Nebelfetzen. »Waldgespenster«, nannte sie die. Waldgespenster warfen nicht mit Steinen.

Jemand räusperte sich; es war Sofia. Zwischen den einzelnen Hammerschlägen hörte sie Mama und Sofia miteinander reden.

»Wie geht's dem Chef?«

»Gut. Gut geht's«, antwortete Mama.

Ja, gut, sagte Fee unhörbar, mit dem Blick auf das Rauchwölkchen. *Papa fume une pipe.*

Als sie wieder auf den Boden gesprungen war und ganz tief gebückt ums Haus schlich, immer mit tastenden Händen zwischen den nassen Pflanzen und Blättern suchend, hörte sie Sofia erstaunt rufen: »Was macht Fee denn da?«

»Ach«, erwiderte Mama lachend, »sie spielt wieder irgendwas. Du weißt, was für eine lebhafte Fantasie sie hat!«

»Wirklich schön«, sagte Papa und strich mit der Hand über den bräunlichen Stein. »Was für ein Mineral es wohl ist? Sieht aus wie ein Augengneis.«

»Was? Ein *Augengneis*? Das klingt eher wie ein unheimliches Tier!«

»Ja! Huhu!«, sagte Papa und bewegte den Stein ganz nah vor Fees Gesicht hin und her. »Ein unheimliches Tier, das alles sieht! Woher hast du den übrigens?«

»Gefunden.«

»Wo?«

»Hinter Sofias Haus. Heute Nachmittag.«

»Eigenartig«, sagte Papa. »Augengneise gehören nicht hierher, die liegen hier nicht einfach so herum.«

»Der schon«, sagte Fee. »Und das hat etwas zu bedeuten.«

»Tatsächlich?«, fragte Papa. Er beugte sich über den Arbeitstisch, um den Stein nochmals richtig unter die Lampe zu halten, aber Fee sah, dass er dabei das Gesicht verzog. Er lachte sie natürlich aus.

»Und der hier.« Fee schob ihm den zweiten Stein unter die Nase, den weißen.

»Hm, das ist ein Quarzit, glaube ich. Ja, ein Quarzit.«

»Aber das hat doch etwas zu bedeuten, Papa!«, sagte sie wieder, lauter diesmal.

»Was denn, Feli?«

»Dass Sofias Haus mit Steinen beworfen wird.«

»Ach was!«

»Echt, Papa!« Und Fee erzählte von dem Schlag gegen das Haus und wie sehr sie erschrocken waren, wie Sofia ganz ängstlich geflüstert hatte: *Doch nicht schon wieder ein Stein?*

»Ja aber, Sofia ... Sofia ist vielleicht ein wenig ... äh ...«

»Ein Fantast?«, fragte Fee.

»In so einem Holzhaus hört man ja immer alles Mögliche, da gibt es immer so unerklärliche Geräusche.«

An der Werkstatttür war ein dumpfer Stoß zu hören, und als Fee aufstand, um Boris hereinzulassen, wusste sie plötzlich, was sie tun musste.

Papa lag inzwischen wieder der Länge nach auf seiner Couch, unter der karierten Decke, die Hände auf dem Bauch, die Augen geschlossen. Fee setzte sich neben ihn auf den Boden, beide Arme um Boris gelegt.

»Denkst du ganz fest nach, Paps?«, fragte sie.

»Hmhmm. Ich erfinde nämlich gerade etwas, um ...«, er zögerte

»Ich brauche nicht zu wissen, worüber du nachdenkst«, sagte Fee rasch. »Aber ich wollte etwas sagen.«

»Sag etwas.«

»Um Sofia gegen die Steinewerfer zu beschützen, werde ich

um ihr Haus patrouillieren. Nachts. Mit Boris.« Und sofort steckte sie sich die Finger in die Ohren, um Papas schallendes Gelächter nicht hören zu müssen.

Aber Papa lachte nicht. Er lächelte noch nicht mal. Er setzte sich sogar wieder auf und zwischen seinen Augen erschien eine dicke Falte.

»Erstens«, begann er, »erstens weißt du nicht sicher, ob es tatsächlich einen Steinewerfer gibt.«

Fee hielt ihm die beiden Steine unter die Nase.

»Zweitens«, fuhr Papa fort, »wenn es einen geben sollte, warum sollte er dann nachts im Stockdunkeln mit Steinen werfen, wenn man die Hand nicht vor Augen sieht? Und der Schlag, den ihr gehört habt, falls ihr den wirklich gehört habt ...«

»Es war ein Riesenknall, Papa. Wir haben uns zu Tode erschreckt!«

»... der war am helllichten Tag.«

»Nicht helllicht, es hat schon ein bisschen ...«

»Drittens magst du die Dunkelheit nicht so gern.«

»Nein, aber wenn Boris bei mir ...«

»Viertens: Boris ist ein lausiger Wachhund. Er würde sogar noch deinem Mörder die Hand lecken!«

Fee musste kichern. »*Fee und Boris, der lausige Wachhund*, Folge 1: Boris leckt die Hand ihres Mörders.« Schnell streichelte sie Boris tröstend über den Rücken.

»Was murmelst du da vor dich hin?«

»Ach, nichts. Aber Papa, wenn es jetzt echt so ist ...«

»Wenn was so ist?«

»Dass da wirklich wer ist … dass es wirklich Leute gibt, die Sofias Haus mit Steinen bewerfen …«

»Zu uns kommen sie garantiert nicht, das brauchst du nicht zu befürchten. Mich gibt es ja schließlich auch noch!«

»Ja. Und die Gänse«, sagte Fee. »Aber das ist nicht das, was ich fragen wollte. Sondern: Wenn ja, aus welchem Grund tun sie es dann?«

»Tja«, seufzte Papa. »Tja, weshalb? Hier laufen eine Menge Verrückte herum.«

»Meinst du den bärtigen Hilbrand? Franz-Josef? Die Warzen-Eulalie? Die haben Angst vor Sofia! Die trauen sich das bestimmt nicht.«

Sie schwiegen. Trotz Boris' lautem Geschnüffel versuchte Fee die Nachtgeräusche aufzufangen. Rufende Eulen. Ein später Tannenzapfen, der auf das Dach der Werkstatt schlug. Rennende kleine Feldmäuse zwischen den hölzernen Doppelwänden. Das Seufzen und Ächzen der alten Eiche. Das Rascheln der Keiner-weiß-welche-Tiere unter den Dachziegeln.

»Warum, Papa?«

»Keine Ahnung«, sagte Papa. »Solchen Leuten fällt immer irgendwas ein …«

»Paps! Warum?! Los, gib Antwort! Warum sollte jemand Sofia …«

»Ach. Dumme Leute aus dem Dorf. Sie hören mal hier, mal da etwas, sie tratschen und klatschen …«

»Worüber? Was gibt es über Sofia zu tratschen und zu klatschen?«

»Ach, alte Geschichten, irgendwas von früher.«

»Von früher«, sagte Fee. »Sicher von *vor* dem Krieg ...«

Papa antwortete nicht.

»Sie haben Sofia manchmal etwas auf der Straße nachgerufen. *Lange Stake*, riefen sie. Was ist eigentlich eine Stake, Papa? Und sie ging tanzen. Einmal hat sie mit einem Engländer getanzt, einem in einem Seidenanzug, einem Riesen, und er sagte ... er wollte ...«

»*Im* Krieg«, sagte Papa, »im Krieg hat sie mit einem Deutschen getanzt. Einem Deutschen in Uniform.«

»Aber das durfte man doch nicht!« Fee hörte ihre eigene Stimme, die Piepsstimme eines Kleinkindes. Doch sie war kein Kleinkind mehr, sie wusste genug, mehr als genug von dem ewigen Krieg. Sie wusste, was man danach mit Frauen getan hatte, die mit Deutschen, mit »Moffen«, getanzt hatten, und nicht bloß getanzt. Sondern noch etwas. Etwas Schlimmeres. Wer hatte es ihr erzählt? Tante Lucy. Auf einmal fiel es ihr wieder ein. Sie wusste es noch genau, sie erinnerte sich, wie Tante Lucy das Wort »Moffenliebchen« ausgesprochen und was für ein Gesicht sie dabei gemacht hatte, während sie immer weiter vom Kahlscheren und Mit-Farbe-Beschmieren eines solchen Moffenliebchens erzählte, und dem Ausziehen und dem Beschimpfen und dem Schlagen, mitten auf der Straße, mitten zwischen den johlenden Menschen. *Geschieht ihnen recht, den dreckigen Ludern!*, hatte Tante Lucy gesagt.

»Woher weißt du das übrigens?«, fragte Fee nach einer ganzen Weile. »Dass Sofia damals ...«

»Hat sie uns selbst irgendwann erzählt«, sagte Papa.

Fee wühlte mit beiden Händen durch ihr kurz geschnittenes Haar. Sie tat, als müsste sie ganz schlimm gähnen. »Warum?«, fragte sie dann.

»Warum was?«

»Warum sie es euch erzählt hat!«

»Na, ich denke, Sofia wollte es loswerden und war der Meinung, Mama und ich sollten es besser wissen. Bevor wir den Tratsch im Dorf erfuhren. Damit wir uns überlegen konnten, ob wir noch etwas mit ihr zu tun haben wollten oder nicht. Verstehst du?«

Fee nickte und schwieg. Sie musste an Dinge denken, an die sie nicht denken wollte. Zum Beispiel an das eine Mal, als sie Sofia auf der anderen Seite des Dorfplatzes aus dem Bus hatte steigen sehen und plötzlich ein Haufen Kinder kreischend und johlend auf Sofia losgestürmt waren. Dass sie selbst damals einfach nur zugeschaut und gehofft hatte, es wäre nur ein Spiel. Aber dass es ganz und gar nicht wie ein Spiel ausgesehen hatte. Und das andere Mal, als sie in der Drogerie Seife holen musste und Sofia auf einmal hereingekommen war und alle Frauen ihr den Rücken zudrehten und miteinander tuschelten.

»Wie still du bist, Mädel. Hat dich das, was ich erzählt habe, vielleicht etwas erschreckt?«, fragte Papa.

»Nein!«, fuhr Fee Papa an, ohne ihn anzusehen. »Natürlich nicht!« Sie sprang auf. Erst als sie die Tür schon fast hinter sich zugezogen hatte, rief Papa: »Was hast du vor?«

»Schlafen gehen.«

»Warum?«

»Nur so. Es ist Nacht.« Sie knallte die Tür zu. Dann drückte sie sie wieder auf. »Paps? Papa? Wenn du nachher noch kommst und mir vorliest, dann darf es auch etwas für kleine Kinder sein.«

~5~

Es gab viele Leute mit Paketen, dicken Bündeln, verschnürt in Packpapier oder in eine Pferdedecke oder ein Tischtuch gewickelt – eines in ein schmutziges Tischtuch, sah Fee, auf dem waren Soßenflecken drauf.

Guten Morgen, arme indische Frau, hier haben Sie ein Bündel mit schmutziger alter Kleidung in einem schmutzigen Tischtuch mit aufgestickten holländischen Blumen. Und jetzt froh sein! Sonst wären Sie besser dageblieben, daheim in ihrem eigenen Land!

»Was stehst du wieder da und träumst?«, fragte Mama über die Schulter. »Beeil dich, wir sind gleich an der Reihe.«

»Wie wenig wir haben«, sagte Fee und schaute auf den Packen, den sie an sich gedrückt hielt. Außen herum war Nikolauspapier; sie hätten nichts anderes gehabt, sagte Mama. Mama trug das größere Paket, es steckte in einem alten Stück Plane.

»Es sind viele Babysachen dabei«, sagte Mama, »die nehmen nicht so viel Platz ein.«

Fee musste an das Schiff denken, dessen Foto sie irgendwann in der Zeitung gesehen hatte, ein riesiges Schiff, mit dem Menschen aus Niederländisch-Indien gekommen waren. Wochenlang waren sie unterwegs gewesen. Mit ihren Babys. Fee stellte sich vor, wie die kleinen Babys, in Lumpen gewickelt, immerzu auf dem Deck des schaukelnden Schiffes hin und her gekullert waren. Sie wurde selbst ein wenig seekrank davon und stolperte geradezu in das Pfarrhaus, wo Frauen hinter aufgebockten Tischen standen und Kleidung sortierten.

Eine Frau mit einer großen Brille riss ihr das Nikolauspaket aus den Händen. »Und was hast du mitgebracht, lass mich mal sehen!«

»Babykleidung«, stotterte Fee, während die Frau das Paket auf-riss und Papas Pullover zum Vorschein brachte, die drei großen, bretterharten Kratzpullover, Geburtstagsgeschenke von Oma Greetje, selbst gestrickt aus ihrer selbst gesponnenen Wolle, von ihrem selbst geschorenen Schaf ...

»Hast wohl gedacht«, meinte die Frau mit der Brille lachend, »die braunen kleinen Babys würden hier sicher sehr schnell wachsen?«

Fee presste die Lippen aufeinander und blickte stur durch die Frau hindurch; das war das Beste, wenn man etwas sagen wollte, was man zu einem Erwachsenen nicht sagen durfte, etwas wie: *Nein, sind Sie aber witzig!*

Eine andere Frau war damit beschäftigt, Mamas Paket zu öffnen.

»O wie schön! Vielen Dank! Warme Kinderkleidung, die wird ja so gebraucht! Die Würmchen sehen wirklich ganz blau vor Kälte aus!«

»Hier sind auch noch Pantöffelchen«, sagte Mama, »ich suche sie rasch zusammen.«

Blau, dachte Fee, blau, blau vor Kälte ... Laura und die anderen indischen Mädchen wurden immer als »Blaue« gehänselt. Aber das war ein Schimpfwort, hatte Mama ihr erklärt. Fast genauso schlimm wie »Braune« oder »Erdnuss«.

Wie viel Mama mit der Frau quasselte! Fee hörte nicht mehr zu. Durch ihre Wimpern lugte sie zu der Brillenfrau, die immer noch Papas Pullover untersuchte, sie in die Höhe hielt, hineinkniff und sie befühlte; sie hielt sogar kurz einen Ärmel an ihre Wange! *Welcher indische Vater ist so mäkelig und mürrisch und faul, dass er mit einem Kratzpullover von Fees Großmutter Greetje bestraft werden muss?*

Mama ließ derweil alles Mögliche fallen, Mützchen und Hemdchen und andere kleine Sachen, die Fee allesamt brav aufhob und zurücklegte. Bis auf etwas Kleines, das sie sich in die Jackentasche steckte.

»Warum mussten sie eigentlich weg aus Indien, diese Leute?«, fragte Fee, als sie durch die Dorfstraße zurückgingen.

»Es heißt jetzt Indonesien«, sagte Mama. »Also schau, Indonesien gehörte früher uns, ja? ...«

»Es gehörte zu unseren Gebieten in Übersee«, verbesserte sie Fee.

Mama lachte. »Aber jetzt«, sagte sie, »jetzt ist Indonesien unabhängig und diese Menschen von dort haben einen niederländischen Vater oder Großelternteil, und darum will man sie da nicht mehr haben.«

Guten Morgen, indische Frau! Ihr Großvater hieß Piet und er hatte

Flachshaar und blaue Augen. Das heißt, wir wollen Sie nicht mehr haben. Sie haben zwei Minuten, um Ihre Kinder zusammenzusuchen. Da vorn wartet das Schiff!

»Dürfen sie eigentlich wählen?«, fragte Fee nach einer Weile.

»Wählen, was? Wählen, welches Land?«

»Nein, welche Anziehsachen.«

»Ich denke schon«, sagte Mama. »Die Sachen sollten natürlich schon passen.«

»Nein, ich meine, dürfen sie sagen, wenn ihnen etwas nicht gefällt?« Fee dachte an das dicke violettrosa Wollkleid, das sie hinter der Frau mit der Brille hatte hängen sehen; darin sah man echt aus wie ein Nilpferd.

»Doch, ja. Aber das hilft nicht. Sie haben nun einmal selbst nichts.«

»Wir aber auch nicht.«

»Wir? Wir haben alles, alles! Genug anzuziehen und genug zu essen und …«

»Ja, *eine* Hose zum Anziehen und jeden Tag Eintopf …«

»Stimmt gar nicht. Gestern hatten wir grüne Bohnen. Und wir haben ein eigenes Haus für uns allein, in einem Land, an das wir gewöhnt sind.«

»Ich bin noch überhaupt nicht eingewöhnt!«

»Und wir haben Tiere und wir haben einen Mann, einen Vater, wogegen *ihre* Väter oft …«

»Wir haben noch immer keinen Esel! Und wir haben einen Vater, der … der …«

»Jaaa?«, fragte Mama.

Fee seufzte tief, aber nicht wegen Papa, den sie in der Werkstatt unter seiner karierten Decke zurückgelassen hatten, zusammen mit Boris, damit der auf ihn aufpasste, und mit Josefien, damit sie ihn warm hielt. Sie seufzte wegen des Esels, den sie nicht hatte, des mausgrauen Eselchens mit dem mehlweißen Maul, auf dem sie zur Schule reiten würde, oder Laura dürfte darauf sitzen, dann ging sie selbst vorneweg mit den Zügeln in der Hand, genau wie Josef und Maria auf dem Wandbild in der Klasse.

»Papa heißt doch nicht Josef!«, sagte Mama auf einmal empört.

»Was bitte?«

»Du murmelst irgendwas von einem ›Josef‹!«

»Ach«, sagte Fee. »Hab ich gar nicht gemerkt.«

»Verrückter kleiner Fantast!«, sagte Mama.

Als sie alle Einkäufe erledigt hatten und mit vollen Rucksäcken in den Mirakelweg einbogen, blieb Mama einen Moment lang stehen, um einen Riegel Schokolade auszupacken. Sie gab Fee die Hälfte.

»Einfach so?«, fragte Fee.

»Für dein Gehirn«, sagte Mama mit vollem Mund. »Das braucht es jetzt!«

Es fing wieder an zu regnen. Sommermonsun, dachte Fee. Sie schaute hoch zu den tropfenden Bäumen am Straßenrand. Sommermonsun. Die Regenzeit. In Niederländisch-Indien. Dann regnete es jeden Nachmittag ganz lang und ganz stark, als ob der Himmel leerlief. Aber das war natürlich ein schöner, warmer Regen, von dem man einfach nur sauber wurde und nicht blau; man brauchte keine Jacken und Mäntel dafür, keine abgelegten Mäntel von blassen Sommersprossenkindern, die neugierig mit der Hand über deine dunkle Haut fuhren und dir »Kackchinese« und »brauner Affe« hinterherriefen.

Auf der Brücke zog Fee Mama am Ärmel. »Wollen wir einen anderen Weg nehmen?«, schlug sie vor. »Wollen wir am Strom entlanggehen? Das ist viel schöner!«

»Bist du noch ganz bei Trost? Bei diesem Wetter? Sieh nur, der Pfad ist ein einziges Schlammloch! Außerdem ist es ein ziemlicher Umweg.«

Den Kopf tief gebeugt und die Kapuze ihres Mantels möglichst weit in die Stirn gezogen, zählte Fee die Schritte von der ersten bis zur zweiten Brücke. Dreihundertneunundneunzig.

»Gib doch acht«, sagte Mama. »Das Mädchen da winkt dir zu. Wer ist das?«

»Tag«, sagte Fee auf der einen Seite des Gitters.

»Tag«, sagte Laura auf der anderen Seite. Sie trug einen Regenponcho aus Plastik, der ihr fast bis zu den Füßen reichte. Die Kapuze war zerrissen und ihre schwarzen Haare klebten ihr klatschnass am Kopf.

»Mama, das ist Laura«, sagte Fee heiser. »Laura, das ist meine Mutter.«

Laura lächelte. »Guten Tag.« Warum gab Mama ihr nicht die Hand? Gehörte sich das nicht so?

Neben und hinter Laura, fast unsichtbar hinter der weiß angestrichenen Gitterpforte, standen drei kleine Rotznasen und schauten zu ihnen auf. Fee kam näher und starrte neugierig zurück. Eine hatte kohlschwarze Augen und blonde Haare.

»Ich muss auf sie aufpassen«, erklärte Laura.

»Ach, sie können wenig anstellen«, sagte Mama, »solange die Pforte nur zu ist.«

»Die Zimmerwirtin will, dass sie immer auf den Wegen bleiben«, sagte Laura verlegen. »Und dass sie leise sind. Und sich nicht streiten. Und keine Äpfel essen ... Ach nein, nein, danke, vielen Dank, wir dürfen nichts annehmen.« Mit großen Augen schaute Laura auf die Schokoladenriegel, die Mama ihr hinhielt.

Fee fühlte in ihrer Manteltasche nach dem kleinen Stofftier, das sie vorhin im Pfarrhaus vom Boden aufgehoben hatte. Eine gestrickte kleine Kuh war es. Eine kleine, schwarzbunte holländische Kuh, als Ersatz für den verlorenen Wasserbüffel. Sie konnte sie Laura natürlich nicht schenken, nicht mit den Kleinen dabei. Aber vielleicht war es sowieso zu kindisch.

»Soso«, gähnte Papa von seiner Couch. »Wieder zurück von der Wohltätigkeit?«

»Hä?«

»Du wolltest sicher sagen: ›Was bitte schön meinst du, lieber Vater?‹«

»Ach, Papa! Was ist das, Wohltätigkeit?«

»Guttuerei. Sachen an arme Schlucker austeilen.«

Fee antwortete ihm nicht. Es schien, als fände Papa es lächerlich, Leuten, die nichts hatten, etwas zu schenken. Bestimmt deshalb, weil er selbst nie etwas bekam, außer jedes Jahr einen harten Kratzpullover von Oma Greetje.

»Papa, was ist eine Zimmerwirtin?«

»Eine Zimmerwirtin? Eine Frau, in deren Haus man wohnt, bei der man ein Zimmer gemietet hat. Wieso?«

»So wie wir früher? Bevor wir hierherkamen?«

»Hmhmm.«

»Also … also war Tante Lucy eigentlich unsere Zimmerwirtin?«

»Eigentlich schon, ja.«

»Daher also«, sagte Fee.

»Was meinst du denn nun schon wieder?«

»Dass Tante Lucy nicht besonders nett gewesen ist. Ich meine, ›Zimmerwirtin‹ ist so ein gruseliges Wort, so spitz und hart, findest du nicht, und Tante Lucy …«

»… war eine gruselige, spitze, harte Frau?«

Fee nickte vorsichtig.

»Ich bin ganz deiner Meinung«, sagte Papa mit düsterer Miene.

»Na ja, sie war keine richtige Tante, es gibt äh … keine Blutsverwandtschaft, nicht? Paps, darf ich an deinem Tisch zeichnen? Und setzt du dich dann dazu, um etwas zu erfinden?«

»Gut. Ich komme gleich.«

»Etwas Praktisches«, fuhr Fee fort, »wie beispielsweise einen Eselstall mit einem Fenster, damit der Esel rausgucken kann und sich nicht langweilt, wenn ich nicht da bin, und einem automatischen Heu- und Mohrrübenspender und einer Wasserpumpe, die er mit der Schnauze bedienen kann, und einer Hufesaubermachmaschine und einer Rückenfellbürste mit einer Einstellung für fest und sanft und …«

Papa knurrte. Offensichtlich philosophierte er schon wieder; bestimmt nicht über Esel, aber hoffentlich auch nicht über Tante Lucy mit ihren ewigen elenden Geschichten von diesem ewigen elenden Krieg. Fee nahm ihren Malkasten und ihren Zeichenblock und begann, Farben zu mischen.

»Du, Feli, denkst du noch oft an diese Zeit zurück, an deine alte Schule, an das alte Haus?«

Das alte Haus, das war so ungefähr das Letzte, woran Fee zurückdenken wollte, das Haus von Tante Lucy, wo es so nach Wirsing und Zwiebeln roch und durch das sie immer möglichst schnell hindurchrannte, damit sie diese Stimme nicht hören musste und rasch die Dachbodenluke hinter sich schließen konnte. Sie versuchte, an ihre alte Schule zu denken, aber es ging nicht. Sie sah keine Klasse, keine Lehrerin, kein Kind. »Ich glaube, ich weiß schon gar nichts mehr davon«, sagte sie einfach. »Fast nichts. Ich muss nur noch an die Polderlandschaft denken und dass man so weit gucken konnte. Das geht hier nicht.«

»Außer auf der Heide.«

»Ja. Außer auf der Heide. Und du, denkst du noch viel an das alte Haus?«

Papa legte sich noch etwas behaglicher hin, zog die karierte Decke bis unters Kinn und sagte: »Ich denke jede Minute eines jeden Tages daran, wie schön es ist, dass ich hier bin und nicht dort.«

»Ja, nicht? Nicht bei Tante Lucy auf dem Dachboden«, sagte Fee. »Aber Paps, Papa, ist das hier jetzt wirklich *unser* Haus?«

»Unser Haus, na ja – doch, so gut wie«, sagte Papa. »Eigentlich gehört es Opa Piet, der hat es geerbt, von irgendeinem nebulösen Großneffen ...«

»Und kommt der noch zurück, dieser nebulöse Großneffe? Ach nein. Nein. Der ist natürlich ... äh ... tot. Aber Papa ...« Fee beugte sich ganz tief über ihren Zeichenblock. »Paps, was ich auch nicht mehr richtig weiß, ist, ob du ... ob du früher am Morgen ... ob du morgens irgendwohin gegangen bist.« *Ob du damals gearbeitet hast*, wollte sie sagen, aber sie konnte es nicht. Sie hatte das Gefühl, dieser gemütliche karierte Berg dort auf der Couch würde explodieren, wenn man laut etwas wie »arbeiten« oder »normal« oder »so wie andere Väter« sagte.

»Hm? Was? Irgendwohin morgens? Wieso?«

Ganz in der Ferne gab es eine Art Klopfen. Ein Specht, dachte sie erst, aber nein, es klang anders. Hämmerte da jemand? Sofia? Nagelte sie vielleicht alle Fenster zu wegen des Steinewerfers? Sollte sie doch, dann saß sie schön den ganzen Tag im Dunkeln. Selber schuld, hätte sie eben nicht mit diesem elenden Deutschen tanzen sollen.

Fee malte eine Polderlandschaft mit Wassergräben und Kühen und Kappweiden. Und noch eine Polderlandschaft mit Kappweiden und Kühen und Wassergräben. Draußen hämmerte Sofia. Drinnen schnarchte Papa.

~6~

Fee hatte vergessen, ihren Mantel anzuziehen. Das geschah ihr recht: Eiskalt würde ihr werden, klatschnass vom Nebel würde sie sein, eine Lungenentzündung bekommen und sterben würde sie, weil der Doktor mit seinem klapprigen Morris beim Annastein im Schlamm stecken blieb und deswegen zu spät zu ihr kam. Und Mama würde es ja so bereuen, dass sie ihr einziges Kind mit einem Apfelkuchen zur Nachbarin hinausgeschickt hatte!

Boris war ein Stück mit ihr mitgelaufen. Bei der Kurve hatte er bereits keine Lust mehr gehabt, weil er ja doch nichts bekam. Und so war er nach Hause zurückgetrottet.

So zu gehen war schon eigenartig: die Hände flach vor sich ausgestreckt und darauf etwas, das sich durch das Tuch hindurch noch warm anfühlte. Sie konnte durchaus hinfallen. Es war überhaupt nicht merkwürdig, plötzlich hinzufallen, wenn man mit etwas Großem auf den Händen und mit zu kleinen Schaftstiefeln an den Füßen über einen schlammigen Pfad voller Kuhlen gehen musste. Und dazu noch von allem ausgelacht wurde – von den Amseln und den Drosseln auf dem Boden, von den nassen Ästen in der Höhe, von den Nebelfetzen, von den zwergenhaften schwarzen Baumstümpfen: *Huhu, da läuft Fee, seht euch das an! Was hat sie vor? Sie bringt einen wagenradgroßen Kuchen zu ... zu ... einem »alten Moffenliebchen«.*

Es gab dafür noch ein anderes Wort, ein Wort, das man nicht sagen durfte. Und auch nicht denken, Fee kannte das Wort. Es begann mit einem H. Sie wusste annähernd, was es bedeutete, und sie konnte es nicht denken, ohne dass ihr Gesicht in Flammen stand. Dieses Wort musste weg.

»Hallo«, übte sie laut für nachher, während sie vorsichtig einer großen Pfütze auswich. »Guten Tag. Hier ist ein Apfelkuchen von meiner Mutter. Wir haben so viele Äpfel übrig, verstehst du. Und grüßen soll ich. Ich kann nicht reinkommen. Ich habe Hausaufgaben, Erdkunde, ich muss noch ganz Deut... äh ... Dänemark lernen, weißt du. Tschüs.«

Fee beugte sich tief über den Kuchen, um ihr Gesicht zu wärmen, aber dann hob sie hastig den Kopf, weil sie etwas hörte. Ein Knacken, vielleicht Schritte im Wald? Der bärtige Hilbrand? Franz-Josef? Hatten sie den Kuchen gerochen? Bekamen sie jemals im Leben Kuchen?

Hilbrand wohnte auf der Heide in einem verfallenen Schafstall und Franz-Josef schlug seine Mutter. Das bedeutete für beide wenig Aussicht auf Kuchen. Fee ging immer schneller, und um das Knacken zu überstimmen, sang sie im Rhythmus ihrer Schritte ganz laut Papas Lieblingslied. »Der Heizölmann lacht sich ein kleines Auto an und kurvt sodann gar königlich durch den Jordaan!«

Als sie keuchend vor Sofias Tür stand, hörte sie nichts anderes mehr als das Hämmern ihres eigenen Herzens.

Und was, wenn Sofia nicht zu Hause war? Da stand ihr Fahrrad, aber vielleicht machte sie ja gerade einen kleinen Spaziergang. Vielleicht war sie Pilze suchen oder Tannenzapfen zum Feuermachen auflesen. Die Fenster waren übrigens überhaupt nicht mit Brettern vernagelt und die frisch geputzten Scheiben glänzten. Im Herd brannte Feuer, das roch man. Fee schaute hoch und auf einmal war die Tür offen und da stand Sofia in ihrem verschlissenen dunkelblauen Kleid. Ihre Augen funkelten, sie streckte Fee beide Arme entgegen.

»Kind, du kommst wie gerufen! Du *musst* mir helfen! Ich habe den Überseekoffer geöffnet!«

»Hallo«, sagte Fee. Sie schaute auf Sofias Schuhe, die Schnürschuhe mit dem rissigen Leder. »Guten Tag. Hier ist ein Apfelkuchen von meiner Mutter. Wir haben so viele Äpfel übrig, verstehst du. Und ...«

Sofia zog sie mitsamt Kuchen und allem in den Flur. »Ach, Kind!«

»Meine Stiefel«, sagte Fee. »Deutschland. Erdkunde. Dänemark eigentlich. Ich muss jetzt ...«

Wenige Sekunden später stand der Kuchen auf dem Tisch, saß Fee auf einem Stuhl am Herd, standen ihre schlammigen Stiefel auf einer Zeitung neben der Tür, schwenkte Sofia ein großes Messer. »Himmlisch! Einfach himmlisch! Er ist noch warm. Ach, deine liebe, liebe Mutter!«

»Ja«, sagte Fee.

Sofia öffnete den Schrank, um Teller herauszuholen. Sie summte und sang vor sich hin, *tatata-tiiie, tatata-tommm, tatata-tititi-tommm.* Woran dachte sie? Ans Tanzen etwa? Ans Tanzen mit einem langen, schleimigen, weißseidenen Engländer oder mit einem kleinen, erbsgrauen Deutschen mit rotem Gesicht und einer Pistole an der Seite?

»Wie lange du nicht hier gewesen bist!«, sagte Sofia, aber sie lächelte dabei. Wenn jemand lächelte, dann brauchte man vielleicht nicht unbedingt zu antworten; es war ja auch eigentlich keine Frage. Sofia sollte nicht so mit dem Messer herumfuchteln und nicht so singen und ihre Haare, die sich gelöst hatten, nicht so hin und her schwingen, denn jetzt konnte Fee nur noch an Tante Lucy denken, an das Gesicht von Tante Lucy, wenn die vom Kahlscheren mit einem stumpfen Messer erzählte und wie das geblutet hatte. Tante Lucy schmatzte, Tante Lucy roch eklig. Sofia schmatzte nicht und roch wunderbar nach grüner Seife und Harz und ägyptischen Zigaretten.

Fee fragte etwas, aber Sofia starrte sie so verwundert an, das Messer in der Luft, dass Fee plötzlich Angst hatte, vielleicht etwas anderes gesagt zu haben und nicht einfach *Darf ich denn einen Augenblick bleiben?*, sondern stattdessen: *Ich weiß alles, von deinem Deutschen und von dem Blut auf deinem kahl geschorenen Kopf und von deinen zerrissenen Kleidern und der Spucke in deinem Gesicht, aber dieser Deutsche, der hatte natürlich gesagt »Was für schöne Augen«, auf Deutsch natürlich, und »Ich heiße Heinz«, und da hast du dich aus Versehen verliebt, und wer würde wohl jemals zu Tante Lucy sagen, sie hätte schöne Augen? Keiner, keiner!*

Fee starrte zurück, eine Ewigkeit, und stopfte sich dann den Mund mit Apfelkuchen voll.

»Den Überseekoffer?«, fragte sie einige Minuten später.

Der Überseekoffer war aus dunkelgrau lackiertem Metall voller Beulen und Abplatzer. Er hatte einen gewölbten Deckel und außen solche Holzrippen. »Sieht aus wie ein zusammengepresster Walfisch«, sagte Fee. »Ein Walfisch mit einem Schlüssel.«

»Du und deine Fantasie!«

»Du hattest ihn aufgemacht, hast du gesagt, aber er ist zu.«

»Ich habe ihn sofort wieder zugeschlagen.«

»Hast du es nicht fertiggebracht?«

»So ganz allein nicht, nein.«

»Sollen wir ihn in die Küche tragen?« Die Kammer unter dem Dach war so eisig, dass Fee nur noch mit den Zähnen klappern konnte, und wenn man mit den Zähnen klapperte, konnte man nicht mehr so richtig neugierig sein. Noch nicht mal auf den Inhalt eines alten, zerbeulten Überseekoffers.

Er war sehr groß, der Koffer. Das bedeutete etwas. Das bedeutete, dass ein Erwachsener sich leicht darin verstecken konnte, wenn es nötig war. Na ja, Papa natürlich nicht und Sofia auch nicht, aber ein kleinerer Erwachsener, hinter dem sie beispielsweise her waren ...

»Gute Idee«, sagte Sofia. Sie ging vor, rückwärts die Treppe hinab. Fee folgte, Stufe um Stufe. Mit der einen Hand hielt sie sich am Treppengeländer fest. In die andere Hand schnitt der Eisengriff des Überseekoffers, der viel zu schwer für sie war, aber wenn sie ihn losließ, würde er Sofia erschlagen. Nur gut, dass sie so stark war. Ganz zum Schluss rutschte ihr der Griff doch noch aus den Fingern, aber da waren sie schon unten.

Fee ließ sich auf den Hocker neben dem Herd fallen und starrte auf das graue Ungetüm. »Was ist drin?«, fragte sie keuchend.

»Weiß ich nicht.«

»Aber du hattest ihn doch geöffnet!«

»Ja, aber mit geschlossenen Augen. Halb geschlossenen.«

»Warum?«

Sofia schüttelte den Kopf und stierte nur immerzu auf den Deckel.

»Hat es vielleicht gestunken?«

»Gestunken? Nein. Wieso? Wonach denn?«

»Ach, äh ... muffig. Nach alten Sachen, alten Kleidern ...« Aber Fee dachte nicht an alte Sachen und alte Kleidung, sondern natürlich an Knochen, alte Knochen, denn in einen Überseekoffer, besonders so einen großen, da gehörten Knochen hinein und grinsende Schädel. Aber wenn die ganz alt und kahl und ausgetrocknet waren, dann klapperten sie, und dieser Koffer hatte beim Heruntertragen überhaupt keine Geräusche gemacht. Da war also noch etwas um die Knochen herum. Kleidung. Eine Uniform ...

»Wir können ihn nachher aufmachen«, schlug Fee vor. »Oder morgen. Aus Ehrfurcht.«

Sofia schaute sie mit großen Augen an. »Ehrfurcht? Vor diesem Mistding? Das hier schon Jahre vor sich hin rostet?«

Fee antwortete nicht.

»Mach die Augen auf!«, sagte Sofia. »Und hilf mir ein wenig.«

Fee rührte sich nicht, schaute Sofia auch nicht an. »Wie kann es eigentlich sein, dass du nicht weißt, was darin ist? Du hast ihn doch selbst mitgebracht?«

Sofia zerrte schon an dem Schloss. »Was denn? Vorhin ging es noch ganz von selbst! Jetzt hilf mir doch!«

»Warte«, sagte Fee. »Erst sagen, was drin ist!«

»Aber das *weiß* ich doch nicht!«

»Soll ich lieber raten? *Heinz*.«

»Wie?«

»Rubine«, sagte Fee schnell. »Äh … ein Seeräuberschatz. Goldstücke und so.«

»Oder dicke alte kostbare Bücher, die ich in der Stadt verkaufen kann. Ein schöner warmer Stoff für ein neues Kleid ... Blaue Wildlederpumps in meiner Größe. Ach, ich wünschte einfach, er wäre leer!«

Dann machte Sofia einen kleinen Satz, denn der Deckel flog plötzlich auf. »Da hast du deinen Goldschatz!«

Fee stand auf und schaute in den Koffer. Dosen. Flache, rechteckige Dosen, manche ein wenig golden glänzend, andere schon halb durchgerostet und fast schwarz. Das Geschriebene darauf konnte Fee nicht entziffern.

»Emergency Ration«, buchstabierte Sofia. »Du meine Güte!«

»Notration« bedeutete das, Dosen mit Notnahrung für die englischen Soldaten. Von ’44, meinte Sofia. Wahrscheinlich gestohlen und auf dem Dachboden versteckt. Nein, der Überseekoffer war gar nicht von Sofia.

»Bist du verrückt? Ich hatte doch überhaupt nichts, als ich hierherkam. Das Ding stand hier schon. Ich dachte, den behalte ich, aber, tja, ich bekam ihn nicht auf. Und dann habe ich es vergessen.«

»Wie soll denn das gehen?«, fragte Fee. »Man denkt dann doch die ganze Zeit: Was könnte darin sein?«

Sofia studierte eine der Dosen, murmelte lauter Wörter vor sich hin und strich mit dem Zeigefinger über den Deckel, als läse sie Blindenschrift. Sie begann lauthals zu lachen. »Man darf sie nur dann aufmachen, wenn es wirklich nichts anderes zu essen gibt, und auch dann nur mit der Erlaubnis eines Offiziers!«

Fee ging zum Tisch, nahm die Platte mit dem Apfelkuchen und packte sie in den Vorratsschrank. Dann ging sie in den Flur und rief: »Duhrfen wihr die Dosen openen?«, und antwortete mit einem schweren, echt englischen Bass: »Yes!«

»Wir dürfen!«

»Na, ein Glück«, sagte Sofia. Sie war mit einer Zange und einem Schraubenzieher zugange, und als sie eine Ecke aufhatte, schüttete sie etwas auf ihre Hand. Eine Art Pulver.

»Igitt, was ist das?«

Sofia roch vorsichtig daran. »Eine Art Fleischextrakt ... Denke ich. Oder vielleicht Schokolade, ganz alte, pulverisierte Schokolade.«

»Ich hoffe nur, die englischen Soldaten haben den Unterschied geschmeckt«, sagte Fee.

»Mal probieren?« Sofia hielt Fee ihre Hand hin.

»Du zuerst!«

»Nein, nein, du!«

»Nein, du!«

»Dann bin ich als Erste tot.«

»Also gut, gleichzeitig ...«

Beide machten sie einen Zeigefinger nass, stippten ihn in das Pulver auf Sofias Hand und leckten feierlich daran, die Augen fest zugekniffen.

Es war fürchterlich salzig.

»Lebst du noch?«

»Ja. Und du?«

»Ich auch.« Dann stieß Fee aus Versehen gegen den Deckel des Überseekoffers, der mit einem Schlag zuknallte.

Fee starrte auf Sofias Gesicht, um zu sehen, welches Geräusch sie erschreckt hatte: der Kofferdeckel oder der harte Schlag gegen die Rückseite des Hauses, fast unmittelbar danach. Aber Sofia schien überhaupt nicht erschrocken zu sein. Sie saß noch immer da und lachte und schnüffelte an der Dose und schüttelte den Kopf. Fee hockte sich hin, um Sofias Haarnadeln aufzuheben.

Hinauslaufen und nachsehen, was das war, wer das war, ihn über einen Stock stolpern lassen und mitschleppen und ...

»Was murmelst du da wieder in dich hinein, Kind? Ich verstehe dich nicht!«

»Äh ... soll ich dir deine Haare neu machen?«

»Ach ja, gern. Mit so einem Haarknoten tief im Nacken, weißt du?«

»Gut. Wie ein Filmstar«, sagte Fee.

»Ja! Hmmm ...«

»Du wirst grau«, sagte Fee.

Eine Schicht Dosen *Emergency Ration*. Und noch eine Schicht. Und dann keine mehr. Dann kamen merkwürdig harte Blöcke in halb aufgelöstem blauem Papier mit unleserlich gewordenen Etiketten.

»Ich denke Mehlpakete und Zucker vielleicht? Fett? Eipulver?«, sagte Sofia. Vorsichtig stieß sie mit dem Zeigefinger dagegen. »Völlig verdorben und steinhart geworden. Hat bestimmt Wasser abbekommen, die Feuchtigkeit ist durch den Kofferdeckel eingedrungen. Ach, sieh doch nur!«

Ein winzig kleines Skelett. Von einer Maus.

»Hatte ich doch recht«, sagte Fee.

»Was? Was meinst du?«

Aber Fee musste so laut lachen, dass sie nicht antworten konnte.

Eine halbe Stunde später schaufelten sie und Sofia hinter dem Haus die Grube wieder zu, in die sie den ganzen Inhalt des Walfischkoffers gekippt hatten, bis auf zwei Dosen.

»Seltsame Pflanzen werden hier demnächst wachsen«, sagte Fee.

»Diebeskraut«, sagte Sofia.

»Ja, und Hamsterwurzel.«

»Und Hungerblumen!«

Eine von den Dosen bekam Fee mit. Sie steckte sie in ihre Hosentasche, zu dem Stein, den sie aufgehoben hatte, als Sofia gerade nicht hinschaute.

~7~

»Zusammen nach Hause!«, rief Fräulein Raaymakers. »Beieinanderbleiben!«

»Ja, Fräulein Raaymakers.«

Fee schaute der kleinen Schar hinterher. Die reichen Mädchen gingen wie immer vorweg. Die reichen Mädchen gingen zum Ballett, das sah man gleich, solche Füße hatten sie und solche Haare, die sie absichtlich hin und her warfen. Besonders Yvette. Und sie streckten die Nasen hoch in die Luft; sie gingen so dermaßen gerade, dass sie schon fast nach hinten kippten! Danach kam Dymfy, allein, sehr breit und blond, ihre plumpen Arme schwenkend. Niemand wollte mit Dymfy gehen, weil sie so nach Kühen roch, aber ihr war es ohnehin egal, ob sie irgendwo dazugehörte oder nicht. Sie war sich selbst genug.

Und dann kamen die indischen Mädchen. Laura blieb ein wenig zurück. Sobald die anderen um die Ecke gebogen waren, drehte sie sich um und winkte Fee vorsichtig zu. Fee winkte vorsichtig zurück und rannte dann in die andere Richtung, zum Dorfplatz, den Dorfmädchen hinterher.

Für einen Moment schien es, als wäre sie eine von ihnen, als wäre sie genauso wie Nettie vom Gemüsegeschäft und Liesbeth von der Metzgerei und Barbara vom Doktor und Anneke vom Wollgeschäft und alle anderen Mädchen, die schreiend und kreischend über den Kiesweg zwischen den Linden rannten, aber die beachteten sie nicht und spielten ein Spiel, das Fee nicht verstand. Sie ging wieder langsamer. »Orangen«, sagte sie leise vor sich hin. »Drei. Drei schöne schwere. Und eine Zitrone. Und eine Flasche Thymiansirup für Mamas Husten. Und ein Glas Tusche für Papa. Chinatusche. Was ist Chinatusche? Und Beeilung bitte, nicht trödeln!«

Sie wartete, bevor sie die Straße zum Schreibwarengeschäft überquerte. Erst der Sammler von Küchenabfällen mit seinem stinkenden Karren und seinem mageren Pferd. Dann mehrere Radfahrer: eine alte Frau in Schwarz, eine junge Frau mit einem kleinen Kind vor sich auf dem Rad, ein langsamer alter Mann mit einer Zigarre zwischen den Lippen. Dann eine Gruppe von Jungen, Jungen von der Josefsschule; die Bauernjungs und die Dorfjungs gingen zu Fuß, die reichen Jungs fuhren langsam neben ihnen auf ihren teuren Fahrrädern, um die Dorfjungs zu ärgern, die es ihnen noch stärker heimzahlten. Fee erkannte Toine, den Zwillingsbruder von Marie-Thérèse.

Jetzt schrien die Jungs den Mädchen auf dem Kiesweg zwischen den Linden zu und die Mädchen kreischten zurück. Die Jungs hielten an und die Mädchen blieben am Straßenrand stehen. Wieder jemand auf dem Rad, eine Frau, eine Frau auf einem schwarzen Herrenrad, eine große Frau mit großen Füßen, das dicke, dunkle Haar in einem Haarknoten tief im Nacken, ein ausgebleichtes rotes Barett schräg auf dem Kopf.

Die Jungs johlten gleich los, angeführt von Toine mit seiner heiseren Stimme.

»Läusetante, alte schwarze Moffenschlampe!«, sangen die Mädchen und rannten auf dem Gehweg mit der Frau mit, sodass sie Fee umrannten.

Nettie und Anneke blieben stehen und packten sie. »Die ist von bei dir«, keuchte Nettie, »von bei dir im Wald!«

»Ja, eure Nachbarin! Eure Freundin!«, sagte Anneke. »Eine schöne Freundin! Wusstest du, dass sie ...«

»Die ist früher mit den Deutschen gegangen«, unterbrach sie Nettie. »Mein Opa hat es selbst gesagt. Mein Opa sagt, sie ...«, und sie flüsterte Anneke etwas ins Ohr.

»Seht nur, wie dumm sie guckt!«, kreischte Anneke und pikste Fee mit ihrem Zeigefinger fast ins Auge.

»Ja, sie kapiert rein gar nichts!«, sagte Nettie. »Sie ist noch ein Baby. Nicht die Bohne weiß sie. Nichts von dem, was Männer mit Frauen machen.«

»Doch«, sagte Fee unhörbar.

»Baby! Baby!«

Fee riss sich los. Sie sah, wie Sofia langsam und würdevoll weiterradelte. Sie sah, wie Sofia plötzlich über die Schulter schaute, genau dorthin, wo sie stand, und sie, sie kauerte sich hin, weil sie unbedingt etwas an ihren Schnürsenkeln zurechtzupfen musste.

Aber als sie sich wieder aufrichtete, flog Sofia irgendwas an den Kopf; ein Erdklumpen, wie es schien. »Tor!«, brüllten die Jungs von der Josefsschule. Toines Stimme war gut herauszuhören. Hatte er geworfen? Sein Arm hatte sich noch nicht wieder gesenkt.

Anneke überquerte schräg die Straße, hob etwas aus dem Rinnstein auf und näherte sich Fee damit. »Hier. Kannst du deiner Freundin wiedergeben!«

»Ach, hau doch ab! Ich kenne die Frau doch gar nicht!«, fuhr Fee sie an.

Mit dem Glas Chinatusche und der Flasche Thymiansirup stand Fee beim Gemüsemann und wartete, bis sie an der Reihe war. Sofias rotes Barett hatte sie unter ihrer Weste versteckt. Nettie half mit im Laden. Als Schürze hatte sie sich einen Jutesack umgebunden. Wenn sie irgendwo nicht heranreichte, rief sie ihren Vater, der hinten zu tun hatte. »Paps! Komm mal!« Gerade verlangte ein Kunde Kartoffeln. Sie wog zu wenig ab, sah Fee. Zu wenig *Ärpelen*, wie sie hier sagten.

»Ja, bitte?«, sagte Nettie endlich in einem normalen Ton, nicht mit ihrer Ladenstimme.

»Drei Orangen«, sagte Fee.

»Drei Apfelsiehnen.«

»Und eine Zitrone.«

»Eine Ziehtrohne. Hier. Ich habe die schönste ausgesucht. Ach, ich gebe dir eine größere Tüte, da passen deine anderen Einkäufe auch noch mit rein.«

Fee gab ihr den zerknitterten Einguldenschein. Nettie rechnete noch mit den Fingern, sah sie. Ohne Auf Wiedersehen zu sagen, rannte sie aus dem Geschäft, das Wechselgeld fest in der Hand. Beinahe wäre sie von der hohen Türschwelle gefallen. Auf dem Platz waren keine Mädchen mehr. Nur gegenüber hingen noch ein paar Jungen herum, aber die beachteten sie nicht. Zur Sicherheit machte sich Fee dennoch unsichtbar, indem sie sich ihre Kapuze wieder über den Kopf und ihren Schal bis unter die Augen zog.

Sie hielt die schwere Papiertüte an sich gedrückt und spürte, dass sie noch stärker vornübergebeugt ging als sonst, aber sie beließ es einfach dabei. »Du fällst noch mal flach auf die Nase«, sagte Mama immer, »geh doch mal gerade!«, und dann fasste sie Fee an beiden Armen und drückte ihr die Ellbogen hinter dem Rücken fest gegeneinander, damit sie fühlte, wie das war, gerade gehen. Aber das hier war kein Tag, um aufrecht zu gehen. Das hier war ein Tag, um sich böse und gebückt, mit bösen kleinen Schritten, weil man sonst zu schnell war, auf den Heimweg zu machen. Ein Tag, um laute Selbstgespräche zu führen, genau wie der bärtige Hilbrand, wie Franz-Josef, wie die Warzen-Eulalie. Ein Tag, um laut auf Nettie zu schimpfen, die dumme Nettie, die nicht richtig abwiegen konnte und noch mit den Fingern rechnete. Um auf Mama zu schimpfen, die sie einkaufen geschickt hatte. Warum ging sie denn nicht selbst? Warum musste Fee sich hier an ihrem schulfreien Mittwochnachmittag mit dieser schweren Tüte abschleppen, in der Kälte, ohne ihre Fäustlinge, denn die hatte sie in der Drogerie liegen lassen, fiel ihr jetzt ein ... Und dort hatte man sie nicht zurückgerufen!

»He, bist du wütend?«

»Was denn!«, knurrte Fee die knorrige Buche an, die immer versuchte, sie über ihre Wurzeln stolpern zu lassen.

»He, warum gehst du denn weiter?«

Auf dem Zaun von Haus Waldeslust saß Laura. Unter ihrem

schwarzen Haarpony hindurch schaute sie lachend zu Fee, während sie sich auf dem Zaun hin und her wiegte und mit den Beinen schaukelte, ihren langen, dünnen Beinen. Sie hatte rutschige Wollstrümpfe an und beige Schuhe, weswegen man sie heute früh auf dem Spielplatz ausgelacht hatte. Omaschuhe. *Oma! Oma! Da kommt Omilein Lacroix! Taper, taper, tapp!*

»Tag«, sagte Fee und versuchte, nicht auf die Schuhe zu schauen.

»Ich sehe dein Gesicht nicht«, sagte Laura.

Fee schüttelte ihre Kapuze vom Kopf und zog den Schal herunter.

»Haben sie dich geärgert?«

Fee nickte. »Sie haben ...«, begann sie, »sie haben ... sie haben geschrien und mit Sachen geworfen. Ästen. Steinen. Erde. Aber ich mache mir nichts daraus, weißt du.«

»Du darfst dir nie aus irgendwem etwas machen!« Laura trat fest mit ihren Oma-Absätzen gegen den Zaun und blickte gleich darauf scheu hinter sich. Aber im Garten war niemand zu sehen. Auch nicht im Haus übrigens.

»Wo ist deine Zimmerwirtin?«

»Überall!«, flüsterte Laura. »Fast wie der liebe Gott!«

»Ach! Und die anderen Kinder? Die Kleinen? Musst du nicht auf sie aufpassen?«

»Sie bekommen gerade Zeichenunterricht. Von meiner Mutter. Da«, zeigte Laura. »Im Treibhaus der Nachbarin. Das hat die ihr angeboten. Darin ist es hell und einen Ofen gibt es auch. Ich gehe gleich und helfe ihr. Aber ich wollte hier draußen mein Butterbrot essen und ...«

»Und?«, fragte Fee. Aber es kam nicht. *Und auf dich warten.* Laura sagte es nicht.

»Gibt es irgendwann noch mal Sonne?«, fragte Laura.

Zusammen schauten sie hoch zu dem bleigrauen Himmel.

»Als ob man ihn anfassen könnte«, sagte Laura, »den Himmel. Als würde er gleich auf uns fallen.«

»In unserem Klima«, begann Fee. Sie klang ja schon wie Fräulein Raaymakers! »Bei uns ... wir haben hier vier Jahreszeiten. Jetzt zum Beispiel ist Winter.«

»Ach, tatsächlich?«, sagte Laura. »Bist du dir sicher?«

»Ja.«

Laura schlug sich die Hand vor den Mund. Sie fiel fast vom Zaun vor Lachen.

»Na ja ...«, sagte Fee, aber dann musste sie auch lachen. Das ging gar nicht anders, wenn man Laura sah. »Im Frühling gibt es wieder Sonne«, sagte sie rasch. »Manchmal auch früher. Manchmal sogar schon zu Weihnachten. Schnee und Sonne, das ist am schönsten.«

»Ich habe noch nie Schnee gesehen.«

Fee stellte die Papiertüte auf den Boden. »Weißt du was?«, sagte sie. »Wir beten um Schnee und Sonne zu Weihnachten.« Sie faltete die Hände.

Laura sprang vom Zaun und faltete ebenfalls die Hände.

»Welchen Heiligen braucht man da?«, fragte Fee. »Äh ... ich meine, zu welchem Heiligen muss man dann beten? Sankt Josef?«

»Nein, nein, das wäre nicht nett ihm gegenüber! Der will natürlich keinen Schnee! Dann liegt sein Kindchen ja in der Kälte!«

»Was? Sein Kindchen?«

»Das Jesuskind! Es kommt doch an Weihnachten zur Welt! Sag nur, du wusstest das nicht?«

»Ach. Doch, ja. Das heißt, der heilige Josef nicht.«

»Der heilige Blasius …«, sagte Laura, »oder nein. Nein, der ist für Halsschmerzen.«

»Weißt du wirklich, wofür die ganzen Heiligen sind?«

»Ich bin doch in Indien bei den holländischen Schwestern zur Schule gegangen!« Laura schloss die Augen. »Ich hab's. Klara! Die heilige Klara. Die brauchen wir.«

»Heilige Klara, gute Frau …«

»… mach, dass Schnee fällt …«

»… auf die Welt …«

»… von Sonnenschein erhellt …«

»… weil das Lau…«

»…ra so gefällt!«

»Klingt, als wären wir beschwipst!«, rief Laura.

»Ja, nicht?« Fee hatte keine Ahnung, was »beschwipst« bedeutete.

»Jetzt muss ich gehen«, sagte Laura. »Meiner Mutter mit den Kleinen helfen.« Sie hüpfte wieder auf den Zaun, schwang flink die Beine darüber und landete auf der anderen Seite. »Tschüs! Bis morgen!«

Lauras Omaschuhe klapperten über den Plattenweg. Fee schaute ihr nach und sah sie hinten im Garten die kleine Brücke zum Treibhaus im Nachbargarten überqueren. Sie hätte gern mitgewollt, ihr mit den Kleinen geholfen, mit gezeichnet, Lauras

Mutter gesehen. So stand sie da vor dem Zaun, über den Laura gehüpft war wie ein … Ja, wie was? Wie ein geschmeidiges dunkles Tier, ein geheimnisvolles tropisches Wesen, das sich aus nichts etwas machte. Und sie, sie stand einfach da, steif und weiß wie ein Schaf. Sie bückte sich, um die Tüte aufzuheben, und als sie wieder hochkam, schaute sie direkt in die glupschigen, harten Augen einer dicken Frau.

»Was tust du hier, Mädchen?«

»Ich? Nichts.«

Die Tüte an sich gedrückt, rannte Fee den ganzen Weg nach Hause. »Große, dicke, fette, bleiche Zim-mer-wirtin! Große, dicke, fette, bleiche Zim-mer-wirtin!« Mit diesem Rhythmus im Ohr konnte man ungeheuer schnell rennen. Und wollte man etwas langsamer werden, dann sang man »Heilige Klara, gute Frau, mach, dass Schnee fällt auf die Welt …«

Nachdem Fee ganz schnell die Tiere gezählt hatte, rannte sie in die Werkstatt. »Papa?«

»Ja?«

»Ich habe eine Erfindung für dich.«

»Erzähl mal.«

»Eine große Maschine, schau …« Auf Papas Schmierblock zeichnete Fee eine große, runde Trommel auf Löwenbeinen, mit oben einer Luke, in der Mitte einem Fenster und unten einer Klappe. Ein Ziffernblatt. Eine lange, gewundene Schnur, einen Stecker, eine Steckdose.

»Was soll das werden? Sieht aus wie eine Waschmaschine!«

»Ja … eine *Art* Waschmaschine. Es ist ein Behandlungsgerät, ein Verbesserer. Man wirft einen Menschen hinein. Oder ein Kind. Und nachdem es lang genug darin herumgedreht wurde, holt man es hier unten aus dieser Klappe heraus und dann ist es besser. Verbessert. Ein besseres Kind. Ein besserer Mensch.«

»Wenn ich da nur nicht hineinmuss!«, sagte Papa. »Ich mag diese ganze Gutheit nicht so.«

»Gutheit«, wiederholte Fee zögernd. »›Gutheit‹, ich weiß nicht, ob ich das meine. Paps, hast du schon mal …« Sie sah sich wieder auf dem Gehwegrand stehen am heutigen Nachmittag: ein dummer Blick zu Sofia und dann nichts tun, nicht die johlenden Jungen von ihren Fahrrädern werfen, nicht auf die schimpfenden Mädchen losgehen und ihnen die Augen auskratzen. Nichts tun, das vor allem. Ihre Wangen glühten.

»Habe ich was schon mal?«, fragte Papa.

»Hast du schon mal jemand … der etwas gemacht hat, etwas Gemeines, aufs Maul gehauen? Nicht lachen! Meine Stimme hat sich bloß überschlagen!«

»Aber ich lache nicht! Nein, ich habe noch nie jemandem aufs Maul gehauen.«

»Nein. Du brauchtest dich natürlich bloß aufrecht vor sie hinzustellen, dann dachten sie schon: O je, nichts wie weg! Tja, Kunststück!«

»Hast du etwa …«, begann Papa.

»Nein«, sagte Fee laut, ohne Papa anzuschauen.

»Aber was …«

»Nichts!« Fee sprang auf und ging zur Fensterbank, wo die

Steine lagen. Die drei schuldigen Steine. Sie berührte sie ganz vorsichtig. Die verrostete Dose, die daneben lag, stellte sie aufrecht hin. Emergency Ration.

»Dir ist etwas runtergefallen«, sagte Papa. »Was ist das?«

Fee drehte sich um. Auf dem Werkstattboden lag Sofias Barett, ganz zerzaust und mit einer deutlichen Schlammspur. Einer der Jungen war absichtlich mit dem Fahrrad darübergefahren.

»Das ist Sofias Barett.«

»Ach?«

»Sie hat es verloren. Das kam ... auf einmal waren ... kamen ... Es war der Wind. Ein Windstoß.«

»Dann bring es ihr schnell zurück.«

»Sie kann ja kommen und es sich holen.«

»Sag, was fehlt dir denn? Du bürstest jetzt diese Mütze sauber und bringst sie zu Sofia! Los, sofort!«

~8~

»Wollen wir durch die Gässchen?«, fragte Fee leise. Sie warf noch einen Blick über die Schulter zu Fräulein Raaymakers auf der hohen Eingangstreppe vor den Schultüren und zu den Mädchen von außerhalb am linken Tor. Dymfy winkte ihr schon emsig zu. Die Dorfmädchen schlenderten zum rechten Tor und warfen verstohlene Blicke auf Fee und Laura.

»Wollen wir durch die Gässchen?«, flüsterte Fee wieder.

»Pfui, nein«, sagte Laura. »Diese schmutzigen Gassen. Da wohnen nur betrunkene Leute mit Flöhen.« Sie fasste Fee am Arm. Ihre magere Hand konnte erstaunlich feste zudrücken. »Wir gehen einfach über den Platz!«, sagte sie und singend zog sie Fee mit durch das rechte Tor. »Sei uns willkommen ...« Wenn jemand *Sei uns willkommen, Herre Christ* sang, konnte man nichts sagen. Man konnte zum Beispiel nicht sagen: *Ich habe damit nicht gemeint, dass ich mich nicht mit dir über den Platz traue, wo uns jeder zusammen sieht.*

Schnell zog sich Fee ihre Kapuze über.

»Aber es regnet doch gar nicht!«, rief Laura. Sie schüttelte ihre schimmernden schwarzen Haare und zog Fee die Kapuze wieder vom Kopf.

Es begann schon, bevor sie überhaupt auf dem Platz waren.

»Felilein pisst sich ein!«

»Da geht sie wieder mit ihrer Braunen!«

»He, wollt ihr ein paar Affennüsse?«

»Oder eine Banane?«

»Erdnussgelbe Kackchinesin!«

Sie riefen es im Vorbeirennen. Sie riefen es gar nicht mal laut, und ohne auch nur den Kopf zu heben, als dächten sie längst nicht mehr dabei nach: Liesbeth, Nettie, Anneke und auch Lenie, die in einer dieser schmutzigen Gassen wohnte ...

Fee schaute vorsichtig auf Lauras Gesicht, aber Laura warf den Kopf in den Nacken und begann wieder zu singen:

»Käskopp, kleiner Käskopp,
guckst so dösig aus den Augen und so dumm.
Käskopp, kleiner Käskopp,
woran denkst du und was stehst du so herum?«

»Woher hast du bloß das Lied?«, fragte Fee.

»Von meiner Mutter natürlich!«, rief Laura. »Meine Mutter macht aus allem ein Lied.« Und sie sang weiter:

»Ach, an Grünkohl denke ich und Wurst und Speck,
an Eiseskälte denke ich, an Schlamm und Dreck,
an Füße, die du selten waschen musst,
an den Ofen, der nur raucht und rußt,
an Käs aus Edam denk ich sowieso,
so rund und dick, ganz wie ein nackter ...«

»Sei doch still!«, keuchte Fee, als sie halb erstickt und kugelig vor Lachen unterm Kirchenportal standen. »Pst, sonst hört der Herr Pfarrer dich noch!«

»Na und?«, sagte Laura. »Komm.« Sie drückte die innere Kirchentür auf.

Fee blieb einen Moment lang stehen, um sich an das Dunkel zu gewöhnen. Es war das zweite Mal, dass sie hierherkam, und den Geruch erkannte sie; ein bisschen kalt und erdig, wie der Keller zu Hause, nur mit etwas Ähnlichem wie Lavendelduft durchmischt. Zuerst dachte sie, es wäre keiner da, aber dann sah sie in den Bänken bei den Beichtstühlen dunkle Schatten. Die warteten bestimmt, bis sie mit ihren Sünden an der Reihe waren.

Die Weihnachtskrippe war zum Glück beleuchtet. Fee wollte schon hinschleichen und fasste Laura am Ärmel.

»Warte«, flüsterte Laura und drehte sich zu dem muschelförmigen Becken in einer Nische neben der Tür, tauchte die Fingerspitzen hinein und bekreuzigte sich. Fee schaute neugierig in das Becken und tauchte ebenfalls die Finger hinein. Mit einem leichten Schauder tat sie es Laura nach: Sie berührte mit ihren nassen Fingerspitzen ihre Stirn, ihre Brust, ihre rechte und dann ihre linke Schulter.

»Man muss es mit rechts machen. Und du machst es verkehrt herum. Außerdem darfst du es auch nicht.«

»Wieso nicht? Wenn du es darfst?«

»Du bist evangelisch.«

»Stimmt nicht. Ich bin nicht evangelisch. Ich bin nichts.«

»Nichts? Was ist denn nichts? Nichts gibt es nicht!«

Fees Gesicht glühte. Auf Zehenspitzen schlich sie Laura hinterher zur Weihnachtskrippe. Als sie den Mittelgang überqueren musste, schaute Laura zum Altar und sank ganz kurz mit gebeugtem Kopf in die Knie, wie eine Balletttänzerin. Aber Fee hielt die Beine, so steif sie konnte, und guckte woanders hin.

Sie standen vor der Krippe und es war, als hätten sie Streit miteinander. Fee schaute nach oben. Sie war sich sicher, dass ihr irgendwas zur Strafe auf den Kopf fallen würde.

»Eigentlich armselig, die Krippe«, sagte Laura plötzlich. »Sieh nur die Figuren, überall fehlt ein Stück, ganze Finger und Zehen sind ab! Und der arme Josef steht ganz schief da, gleich fällt er noch um ...«

»Ich finde die Maria ziemlich schön«, sagte Fee vorsichtig. »Und der Ochs und der Esel sind süß, außer dass der Ochs sehr kurze Beine hat.«

»Das Christkind ist ganz gelb im Gesicht«, sagte Laura.

»Ja, und seine Haut hat lauter Risse. Aber wer sind die Männer mit den Kronen?«

»Die Heiligen Drei Könige natürlich!«

»Ach. Ja. Aber warum gucken sie so traurig? Soll das so sein?«

»Das ist aus Ehrfurcht. Oder ihnen ist kalt.«

»Ja, dem einen da ganz bestimmt, dem Schwarzen ...«

Wieder wurde Fee glühend heiß, aber Laura antwortete ganz normal: »Ja, der kommt nämlich aus Afrika. Das ist Kaspar. He«, sagte sie dann, »he, traust du dich, die Tiere anzufassen? Ich schon.«

Laura beugte sich über die Absperrung und stupste gegen den Kopf des Esels. »Jetzt du!«

Fee beugte sich vor und klopfte auf den Ochsen. Er sang innerlich, ganz leise.

»Mach noch mal!«, flüsterte Laura.

»Ach, Quatsch!«

»Doch! Na los!«

Fee sah sich rasch um, holte dann aus und schlug mit den Fingerknöcheln gegen die Flanke des Ochsen, dass es durch die ganze Kirche hallte: Das Tier hatte einen Bauch wie eine Glocke!

»Der muht ja richtig«, kicherte Laura.

Plötzlich waren eilige Schritte auf dem Steinfußboden zu hören. Ein Mann in einem grauen Kittel kam mit böse fuchtelnden Armen auf sie losgestürmt und in den Bänken hatten sich alle sündigen Schatten zu ihnen umgedreht. Laura fasste Fee an der Hand und zog sie schnell mit zur Tür.

Erst auf der ersten Brücke hörten sie auf zu rennen. Laura konnte nicht mehr. Sie lehnte sich an das Brückengeländer und wischte sich über die Stirn. Fee schaute verwundert auf die Schweißtröpfchen auf Lauras Oberlippe.

»Was guckst du so? Bin ich grün im Gesicht oder was?«, keuchte Laura.

»Nein ...«, sagte Fee, »grün nicht, aber ...« Sie studierte Laura aufmerksam. »Aber unter dem Gold«, sagte sie dann, »ist es ein bisschen blass.«

»Gold? Bin ich aus Gold?«

»Ja. Und ich? Bin ich aus Käse?«

»Du? Aus Käse? Du nicht! Du bist anders. Aber alle anderen ...« Laura keuchte noch immer. »All die anderen ...« Sie machte einen großen Schwenk mit dem Arm, als wollte sie die ganze Schule in den Bach fegen.

»Jetzt musst du sicher ... äh ... beichten?«, fragte Fee, als sie langsam weitergingen.

»Beichten? Ich? Warum? Weil ich ...« Und wieder machte Laura diesen Schwenk mit dem Arm.

»Nein. Weil du in der Kirche auf den Weihnachtsesel gehauen hast. Das ist bestimmt eine Sünde.«

»Ich tat es ganz ehrfürchtig, hast du das nicht gesehen? Und du hast den Ochsen zum Muhen gebracht, das ist erst richtig ehrfurchtslos! Aber du darfst nicht beichten, du gehörst nämlich nicht dazu. Das heißt, du kommst direkt in die Hölle. Ohne Vergebung!«

»Haha! Da wollen sie mich nicht haben, ich bin nämlich anders.«

»Ja, du bist nichts! Dann musst du in eure eigene Hölle, die bis obenhin voll mit Nichts ist! Na ja, du kannst schließlich nichts dafür, dass ihr daheim keinen Gott habt.«

Es klang, als würde Laura meinen, dass mit Papa und Mama alles Mögliche nicht in Ordnung war. Fee schwieg. Laura summte.

»Euer Herr Pfarrer ...«, begann Fee daraufhin.

Laura schaute sie verwundert von der Seite an.

»Euer Herr Pfarrer, wenn der richtig schlimme Sünder in sein Beichtkabuff bekäme, Mörder oder Leute, die Atombomben geworfen haben oder mit Panzern über Menschen drübergefahren sind oder so, würde er dann auch sagen: *Tausend Vaterunser beten und dir wird vergeben?*«

»Nein.«

»Was dann?«

»Weiß ich nicht. Vielleicht ... vielleicht würde er sie aus der Kirche prügeln. Oder dafür sorgen, dass der Teufel kommt und sie holt ...«

Sie schwiegen wieder.

»Ich weiß übrigens noch eine schwere Sünde«, sagte Laura. »Menschen hetzen. Sagen: *Ihr gehört nicht hierher.* Sagen: *Ihr müsst weg.*«

»Ja ...«

»Und dass man dann wegmuss. Und deine Oma nicht mitkann.«

»Ja ...« Fees Finger zubbelten an dem Tierchen in ihrer Manteltasche, der kleinen schwarzbunten Kuh, aber sie wagte nicht, sie hervorzuholen. »Schreibt sie dir manchmal einen Brief, deine Oma?«, fragte sie dann.

»Sie kann nicht schreiben.«

»Wie bitte?«

Laura rannte auf einmal los. »Meine Mutter weiß nicht, wo ich abbleibe!«, rief sie noch über die Schulter.

Als Fee beim Zaun von Haus Waldeslust ankam, war Laura schon nirgendwo mehr zu sehen.

Laura hatte nichts mehr gesagt. Nicht: *Tschüs.* Nicht: *Frohe Weihnachten.* Auch nicht: *Gesegnete Weihnacht*, wie die Leute hier sagten. Aber vielleicht sagte man das nicht, wenn man indisch war, gesegnet. Fee wusste es nicht. »Himmlisch«, sagte Sofia manchmal, wenn sie etwas Leckeres von Mama bekam. Und feierte Laura überhaupt Weihnachten? Erlaubte das die Zimmerwirtin?

Laura hatte auch nicht gesagt: *Schöne Ferien.* Oder: *Bis nach den Ferien.* Nichts. Bestimmt hatte das etwas zu bedeuten. Aber was? Fee wagte nicht, darüber nachzudenken. Vielleicht würde Laura ihr einen Brief schreiben. *Liebe Fee.* Und sie ihr antworten. *Liebe Laura.*

Lauras Oma konnte nicht schreiben. Erst hatte Fee gedacht, sie hätte etwas an der Hand oder ihr fehlten dort Papier und Tinte oder sie dürfte es nicht und bekäme keine Briefmarken. Aber jetzt auf dem Heimweg, während sie gegen möglichst alles trat, was ihr begegnete, wurde ihr klar, dass Lauras Oma nie schreiben gelernt hatte. Und lesen vielleicht auch nicht. Aber wie sollte das denn gehen, wenn man seinen Verwandten mitteilen wollte: *Doch, mir geht es gut, aber ihr fehlt mir sehr. Wie geht es Laura jetzt, kann sie sich dort eingewöhnen? Ist man auch lieb zu ihr? Hat sie eine Freundin?*

Fee bog in den Annaweg ein. Sie versuchte, das Lied zu singen, das Käskopp-Lied von Lauras Mutter, aber sie erinnerte sich nicht mehr genau an die Worte, nur das mit dem Edamerkäse, das wusste sie noch, ein Edamerkäse, so rund wie ein dicker …

Fee steckte sich die Finger in die Ohren. »Nackter Po!«, schrie sie dann in den Wald hinein. Sie rannte drauflos, denn sie war sich sicher, dass jetzt alle Baumwurzelzwerge auf sie losgehen würden, dass die Warzen-Eulalie geifernd auf der Lauer lag, dass Franz-Josef irgendwo hoch in einer Eiche saß, um sich mit Gebrüll auf sie herabzustürzen.

»Na, Kind, wohin so eilig?«

Fee blieb auf der Stelle stehen und kniff die Augen zu. *Alle lieben Heiligen im Himmel und auf Erden, macht bitte, dass sie im Erdboden versinkt, die Warzen-Eulalie, wenn sie es sein sollte …*

»Was ist? Hast du etwa ein schlechtes Weihnachtszeugnis, dass du so eine Regenwettermiene machst?«

»Handarbeiten gut, ja freilich«, sagte Sofia.

»Das ist wegen den Socken, du weißt schon, die blauen mit dem gelben Streifen, die was geworden sind«, erläuterte Fee.

Sofia stand auf, um das Feuer im Herd noch etwas zu schüren. Fee hatte Angst, sie könnte aus Versehen ihr Zeugnis ansengen, noch bevor sie es daheim gezeigt hatte. Und was würde Fräulein Raaymakers erst sagen, wenn sie es halb verkohlt wieder abgab!

»Fleiß«, fuhr Sofia fort, »Fleiß befriedigend, Betragen befriedigend … Katechismus? Ein Strich?«

»Ja, das ist …«, sagte Fee rasch, »Katechismus, das ist Religionsunterricht …«

»Ja, ich weiß!«

»… alle … alle Regeln des Glaubens, Artikel heißen die, und alle Gebete und alle Übungen und die zehn Gebote und so, du weißt schon … *Du sollst Vater und Mutter ehren* zum Beispiel. Und *Du sollst nicht töten*. Und *Du sollst nicht stehlen*. Ich brauche nichts zu wissen, aber ich kann sie von allein auswendig, denn die Klasse sagt immer alles laut auf …«

»Und trotzdem nur ein Strich …«

Fee antwortete nicht; sie fragte sich, was Papa wohl gleich wieder zu dem Strich sagen würde. Und zu den »Nönnchen«.

»Niederländisch befriedigend, Rechnen schwach befriedigend ...«

Fee streckte ungeduldig die Hand nach dem hellblauen Zeugnis aus. Sofia hatte es sich lange genug angesehen, fand sie. »Ich muss nach Hause. Danke schön für den Tee.«

Gleichzeitig fragte Sofia: »Warum hast du vorhin so traurig geguckt?«

»Einfach so«, murmelte Fee.

Sofia runzelte die Stirn.

»Wenn man ...«, begann Fee, »wenn man sich eine ganze Zeit nicht sehen wird, und man muss nach Hause und sie auch, wenn man dann nichts sagt ... Wenn sie dann schnell wegläuft. Nicht mehr zu sehen ist. Ich meine, Tschüs sagen, ich meine sich verabschieden, das ist ohnehin schon so ... so ...«

»... blöd!«, half Sofia.

»Ja. Und wenn jemand dann nichts sagt. Sondern einfach weg ist.«

»Vielleicht war es nicht so gemeint?«, sagte Sofia zögernd.

~9~

Fee machte Boris los und gab ihm einen tüchtigen Schubs. »Eigentlich«, sagte sie, »eigentlich müsste es heute Sonne geben. Und Schnee.«

»Hattest du dir das erhofft?«, fragte Mama.

»Wir haben mal dafür gebetet, Laura und ich. Für Schnee zu Weihnachten, Schnee und Sonne. Los, Boris, lauf! Du bist viel zu dick, lauf und fang einen Hasen! Aber bitte nicht totbeißen!«

»Gebetet? Du und Laura?«

»Ja! ›Heilige Klara, gute Frau …‹«

Mama krümmte sich vor Lachen, soweit sie dazu imstande war, denn sie hatte diese unförmig dicke, braune Pelzjacke vom Flohmarkt an. Sie sah darin aus wie ein Bär, ein Bär mit dünnen Beinchen in einer Samthose.

»Das ist nicht zum Lachen. Laura hat noch nie Schnee gesehen. Und sie braucht Sonne.«

»Ach ja, das arme Kind«, sagte Mama und legte ihre Bärenarme um Fee. »Sag mal, findest du es schlimm, dass wir dieses Jahr nicht zu Oma Greetje gefahren sind?«

Vorsichtig löste Fee sich aus Mamas Umarmung. »Och …«

»Wir haben kein Geld für die Bahn. Aus Versehen ausgegeben …«

»Hast du schon mal gesagt.« Fee konnte es nicht ertragen, wenn sie vom Geld anfingen. Sie wollte das Wort nicht hören. »Geld ist die Pest«, rief Papa immer und dann setzte Mama so eine vielsagende Miene auf und schwieg bedeutungsvoll. Mama bekam ziemlich oft etwas von Opa Piet geschickt, für Schuhe zum Beispiel, aber vielleicht wusste Papa das auch gar nicht.

»Du fährst doch immer gern zu Oma Greetje und Opa Piet?«, begann Mama wieder.

»Hm.« Fee hielt die Hände über die Augen und suchte die Heide nach Boris ab. Sie hatte ihn sicher beleidigt und jetzt rächte er sich, indem er sich so richtig verirrte. Konnte er das denn überhaupt noch? Bestimmt war er schon viel zu sehr eingewöhnt hier. Ein Tier gewöhnte sich nun mal schneller ein als ein Mensch. Das musste es auch, weil es kürzer lebte. Sie wohnten jetzt genau ein Jahr hier. Für den Hund musste sich das wie ungefähr zehn Jahre anfühlen, dachte sie. Ihr selbst kam es mal wie einige Monate und mal wieder wie mehrere Jahre vor. Und ihrem Vater? Vielleicht zählte der ja jeden Tag, den er nicht mehr dort war, sondern hier! Und ihrer Mutter?

Fee betrachtete Mama mit ihrem Pferdeschwanz, ihrer Bärenjacke, ihrer selbst genähten Samthose, ihren abgewetzten Pelzstiefeln. Mama scherte sich um gar nichts. Mama war hier schon nach einem Tag eingewöhnt, Mama kannte hier längst schon jeden Menschen, jedes Tier, jeden Baum und jeden Pilz.

Fee dachte an Opa Piets und Oma Greetjes Bauernhof mit den endlosen schwarzen Äckern und den Deichen in der Ferne, mit den Ställen voller Tiere, mit der großen Stube voller Onkel und

Tanten, mit dem Hof voller Cousins und Cousinen zum Spielen, mit dem Esstisch, gedeckt mit den herrlichsten Dingen. Mit Papa, der sich tierisch langweilte und gähnte und Schnaps trank und sich mit Opa und den Onkeln über *die Partei* stritt. Immer über *die Partei*. »Hört doch auf«, rief Oma Greetje dann, »ihr werdet euch ja doch nie einig! An meinem Tisch keine Politik!« Fee verstand wenig von alledem. Sie wusste kaum, was Politik war. Sachen aus der Zeitung, *Vierte Drees-Regierung gestürzt*, das war Politik. Russland, die *Sowjetunion*, der Kalte Krieg, das war Politik.

»Nein, ich finde es gut, dass wir nicht fahren«, sagte sie endlich, und bevor Mama etwas erwidern konnte, steckte sich Fee beide Zeigefinger in den Mund, um Boris herbeizupfeifen.

»Da vorne ist er!«, sagte Mama. »Sieh nur diese verrückten Sprünge, als wäre er ein Kaninchen!«

»Ein Riesenkaninchen. Das weiße Moortümpelmonster, das diese Provinz hier schon seit Jahrhunderten unsicher macht und sogar kleine Kinder …«

»Du lieber Himmel!«, rief Mama. »Ich glaube, er hat irgendwas im Maul ... ja doch! Was *ist* das?«

»Ein butterzarter Säugling«, sagte Fee.

Hechelnd und sabbernd legte Boris ihnen das Ding zu Füßen.

»Ein Stiefel. Ein Schnürstiefel ...«

»Mit einem Socken drin.« Fee streckte die Hand danach aus, zog sie aber gleich wieder zurück.

»Der muss von Hilbrand sein – aus, Boris!« Mama zog ihre Handschuhe an und hob ihn auf. »Siehst du? Es ist kein weggeworfenes Schuhwerk, sondern ordentlich geflickt und eingefettet ...«

Beunruhigt schaute Fee um sich. Jeden Augenblick konnte Hilbrand wütend angehumpelt kommen.

»Wir müssen ihn zurückbringen.«

»Nein, Ma, nein!«

»Natürlich müssen wir das! Los, komm. Der Mann tut uns doch nichts.«

»Er rüttelt die Kinder so lange durch, bis alles an ihnen schlottert.«

»Ja, wenn sie ihn hänseln. Ist doch klar. So einen Mann muss man in Ruhe lassen. Er ist ein Einsiedler.«

Fee hatte den bärtigen Hilbrand eigentlich erst ein einziges Mal aus der Nähe gesehen, vor einiger Zeit, als er mit einem Korb Pilze an ihrem Hof vorbeigegangen war. Er hatte ihr zugenickt und sie hatte sich nicht getraut, seinen Gruß zu erwidern. Unwillig trottete sie jetzt Mama hinterher, die erhobenen Hauptes und den Stiefel schwenkend über die Heide in Richtung des niedrigen Hügels strich, wo Hilbrands Schafstall lag. Und heute war der erste Weihnachtstag und man wusste nie, was sich Mama noch in den Kopf setzen würde!

Guten Morgen, bärtiger Herr, frohe Weihnachten, hier ist Ihr Stiefel. Boris' Sabber haben wir abgewischt. Möchten Sie vielleicht das Weihnachtsessen mit uns einnehmen? Wir haben Möhren und Kohl und Kartoffeln, alles selbst angebaut, und selbst gemachten Ziegenkäse, und wir haben Würstchen beim Metzger geholt ... Für jeden zwei, aber wenn Sie kommen, dann zerschneide ich sie so, dass es für alle reicht ...

Die Würstchen machten, dass Fee das Wasser im Mund zusammenlief. Je mehr sie *Schweinchen, liebes Schweinchen* dachte, desto größere Lust bekam sie auf Würstchen, *ganze* Würstchen, zwei, mit einer kross gebratenen Haut.

Es war totenstill auf der Heide. Nicht ein Tier ließ sich sehen, weder Vogel noch Hase, und selbst Boris schien sich dafür zu schämen, dass es ihn gab. Mit gebeugtem Kopf trottete er neben Mama her.

»Soll ich rufen?«, fragte Mama auf einmal unsicher, als sie sich dem Schafstall näherten.

»Du kannst ihn rüberwerfen, den Stiefel, von hier aus.«

»Ach was! Das tut man doch nicht ...«

Mama räusperte sich. Wie sie sich anstellte! Fee hätte am liebsten auf dem Absatz kehrtgemacht, aber wo sie schon so nah bei dem halb eingestürzten Schafstall waren, wurde sie doch neugierig.

»Hm-hm!«, machte Mama wieder. Was erwartete sie? Ein »Hm-hm« als Antwort?

»Sei still!«, flüsterte Fee.

Boris legte sich flach auf den Bauch, mit dem Kopf auf den Pfoten, als ob er dachte: *Worauf habe ich mich hier nur eingelassen!*

»Da steht der zweite Stiefel«, flüsterte Fee. »Da, schau! Du hattest recht, Mama!«

Neben der halb aus den Angeln hängenden Tür des Schafstalls war noch mehr: ein unordentlicher Haufen Holzscheite, eine Schüssel mit Wasser, ein Eimer, ein Stapel leere Kisten. Oben auf den Kisten stand ein Korb mit einem roten Band um den Henkel und in dem Korb lagen zwei runde Steine.

»Warte mal kurz!«, flüsterte Fee. Sie holte tief Luft und in zehn großen Schritten war sie bei der Tür.

»Der *Stiefel!*«, zischte Mama ihr hinterher.

Brötchen waren es, die Steine, zwei dicke, runde Roggenbrötchen; eines war ein klein wenig verbrannt. Sie rochen sehr gut, wie frisch aus dem Ofen. Sie lagen oben auf einem Topf, um den ein Tuch geknotet war. Fee sah ein Stückchen von dem Aluminiumdeckel. In dem Korb lag eine Karte, eine Weihnachtskarte: eine Maria mit einem dicklichen Kind auf dem Schoß, daneben ein brauner Josef mit seinem Stab, in der Luft rosarote Engel und auf dem Boden Schäfchen, die wie aus Zucker aussahen. Fee konnte sich nicht beherrschen. Sie fischte die Karte aus dem Korb und drehte sie um. *Gesegnete Weihnacht. Familie Roozelaar.* Dymfy, Dymfy und ihr dicker grauer Vater und ihre dicke graue Mutter und ihre zwölf großen Geschwister.

»Was tust du da?«, flüsterte Mama direkt hinter ihr.

Fee steckte die Karte zurück, riss Mama den Stiefel aus der Hand, stellte ihn hastig neben den anderen und zog Mama mit, fort vom Schafstall. Aber Mama blieb stocksteif stehen und fasste Fee beim Arm. »Was *war* das?!«

»Was?«, fragte Fee, als ob sie nichts gehört hätte, als ob nicht plötzlich ein Wolfsknurren ganz aus der Nähe ertönt wäre. »Einfach weitergehen, Mama«, krächzte sie, bekam aber selbst die Füße nicht mehr vom Boden. Sie fühlte, wie Mama vor Angst zitterte. Das heißt, vor Angst ... es war eher, als ob Mama vor Lachen fast erstickte ... Hinter ihnen erklang zum zweiten Mal das fürchterliche Knurren. Fee sah, dass Mama Tränen in den Augen hatte und die Lippen krampfhaft zusammenpresste. Erst beim dritten Mal kapierte Fee, warum.

»Ach je!«, flüsterte Mama, was Fee aber unsinnig fand. Wenn Papa so laut vor sich hin schnarchte, sagte sie garantiert nicht *Ach je!* Papa schnarchte allerdings auch viel schöner als Hilbrand. Melodiös, nannte Mama es oft. Als würde er im Schlaf singen. Hilbrand sang nicht im Schlaf; eher schien es, als würde er mit etwas sehr Großem kämpfen. Zusammen rannten sie den Hügel hinab zu Boris, der schon unten auf dem Weg auf sie wartete.

»Für was hast du es denn zuerst gehalten?«, fragte Mama keuchend.

»Für irgendein Tier oder so.«

»Und was war eigentlich in dem Korb?«

»Bloß was zu essen.«

»Ach.«

»Es war ein Weihnachtskorb von Dymfys Mutter«, sagte Fee widerwillig. Und tatsächlich, da kam es schon.

»Eigentlich sollten wir auch ...«

»Das wird zu viel«, sagte Fee rasch, »das schafft er gar nicht alles. Sicher nicht, wenn er den ganzen Tag im Bett liegt. Komm, wir gehen weiter! Noch um einen Moortümpel herum, hier entlang?« Mit einem großen Schwenk zeigte sie auf die andere Seite der Heide, möglichst weit von Hilbrand entfernt.

Boris galoppierte langsam vor ihnen her, sich immer wieder umschauend. Mama hatte die Hände in ihre weiten Pelzärmel gesteckt und sang eine leise Melodie. Fee übte den Dreisprung, denn dann brauchte sie nicht so an Hilbrand zu denken, brauchte nicht zu entscheiden, ob er gruselig war oder bemitleidenswert oder beides. Beides, das war schwierig.

»Ach«, sagte Mama plötzlich, »der Hund hat mal wieder seine Mucken!«

Boris hatte sich umgedreht und kam mit gebeugtem Kopf zurückgetrottet.

»Nein, Boris, da geht's lang. Los!«

»Was hat er?«, fragte Fee.

»Ach, er hat Angst vor den Wachhunden, Janssens unheimlichen Dobermännern. An denen will er nicht vorbei.«

Fee schaute zu dem dunklen Tannenwäldchen, wo Janssens Bungalow stand. Von dem Haus war fast nichts zu sehen; es lag abgeschottet hinter einem sehr hohen Eisenzaun mit gewundenem Stacheldraht obendrauf. Kam man dem ihrer Meinung nach zu nah, dann warfen sich die vier riesigen Dobermänner jaulend und knurrend gegen die Gitterstäbe des Eingangstors, dass der ganze Zaun davon erbebte.

»Komm schön, Boris«, sagte Fee. »Bleib schön bei mir.« Sie fasste ihn an seinem Halsband. »Sie sind nicht schlimm. Sie tun nur so.«

»Doch, sie sind schlimm«, sagte Mama. »Genau wie ihr Herrchen. Sie tun nicht nur so und ihr Herrchen auch nicht.«

»Was ist mit diesem Janssen?«, fragte Fee. »Wozu braucht er so einen Zaun um sich und wozu braucht er solche Hunde, und zwar gleich vier?« Aber kaum hatte sie es gesagt, da bereute sie es schon.

»Also«, begann Mama, »im Krieg ...«

»Der Krieg! Tante Lucy redete nie über etwas anderes als den Krieg!«, maulte Fee.

»Na, dann nicht!« Mama steckte die Hände wieder in ihre Ärmel und ging mit großen Schritten weiter. Über ihre linke Schulter schaute sie auf die Heide, so als gäbe es das ganze Tannenwäldchen mit dem unheimlichen Zaun und den unheimlichen Hunden und den Bungalow mit dem unheimlichen Janssen darin überhaupt nicht.

Fee versuchte zuerst, Boris zu schieben. Als das nicht klappte, schleppte sie ihn an seinem Halsband weiter über den Pfad. Er jaulte ganz kurz, es war nicht mehr als eine Art Fiepen, aber das genügte: Die unsichtbaren Dobermänner knurrten und bellten wild drauflos und das Eisentor dröhnte, als könnte es jeden Moment aufspringen.

»Wer zuerst beim Birkenwäldchen ist!«, schrie Fee.

Fee zog lange, dürre Grashalme aus dem kleinen Hügel, auf dem sie saßen. Sie könnte irgendwas damit machen, ein Körbchen daraus flechten, so wie als sie noch klein war. Mit einem halben Ohr hörte sie Mama zu: Janssen, Krieg, Verräter, deutschfreundlich, auf der falschen Seite, Straflager, bedroht, angegriffen, ausgestoßen.

»Aber das ist alles so lange her!«

»Nicht lange genug«, sagte Mama. »Die Leute können nicht vergessen, was er getan hat. Sie wollen es auch nicht vergessen. Im Gegenteil; sie beißen sich an derartigen Dingen fest.«

Festbeißen, dachte Fee; die Leute, die sich an Janssen festbissen, und die vier Dobermänner, die sich an den Leuten festbissen ... Sie fand es gleichzeitig zum Schaudern und zum Schmunzeln.

»Bekommen sie denn gut zu fressen, die Hunde?«, fragte sie rasch.

»Ach doch, ja. Metzger De Haas bringt zweimal die Woche Pansen. Einmal hat er mich ein Stück im Auto mitgenommen, als er dorthin fuhr. Er erzählte, er würde die Kiste immer am Tor abstellen, dann klingeln und auf der Stelle kehrtmachen.«

»Warum? Wegen der Hunde? Die wissen doch bestimmt, wer er ist, dass er ihnen ihr Futter bringt. Die tun ihm bestimmt nichts! Nein, es ist sicher deshalb, weil er diesen Janssen für verkehrt hält! Weil er diesen Janssen nicht sehen will. Aber dann sollte er ihm auch keinen Pansen bringen, wenn er diesen Janssen für so verkehrt hält! Dann soll er sagen: ›Nein, falscher, verkehrter Janssen, du bekommst nichts! Dann müssen deine unheimlichen Hunde halt hungern!‹ Er muss sich doch entscheiden!«

Dumm von ihr, dass sie vorhin von Tante Lucy angefangen hatte. Jetzt steckte Tante Lucy in ihrem Kopf, fast so, als würde sie selbst mit Tante Lucys lauter Stimme reden. Tante Lucy, die sich so ausnehmend gut entscheiden konnte! Die immer so genau wusste, wer gut war und wer verkehrt. *Geschieht ihnen recht, diesen dreckigen Moffenliebchen.*

»Tja. Manche Menschen entscheiden sich nicht«, sagte Mama. »Sondern stellen einfach den Pansen am Zaun ab.«

Fee sprang auf und fasste Boris an dessen Vorderpfoten. »Darf ich Sie um diesen Tanz bitten? O ja, gern! Eins-zwei-drei, hum-ta-ta, hum-ta-ta ...«

»Was tust du da?«, quietschte Mama.

»Ich? Ich tanze. Ich tanze den deutschen Walzer.«

~10~

In der Küche roch es nach frischem Brot und Kaffee und Tannengrün. Papa stand auf einem Stuhl und hängte Weihnachtsschmuck in ein paar große Tannenzweige, die er an der Lampe über dem Tisch befestigt hatte.

»Nicht doch, André!«, rief Mama.

»Na, ist doch schön, Marian! Ich tue es für die Kleine. Letztes Jahr haben wir hier so ungemütlich zwischen den Koffern und Umzugskartons gehockt, weißt du noch, also diesmal dachte ich ...«

»André ...«, sagte Mama wieder atemlos, als könnte sie noch immer nicht glauben, dass Papa einfach so aufrecht dastand und irgendwas *tat*! Sie sollte nicht immer so übertreiben, die Mama.

»Paps, ich bin bei Hilbrand zu Besuch gewesen.«

»Haha, Felis Weihnachtsmärchen«, sagte Papa.

»Nein, das stimmt wirklich!«, rief Mama sofort. »Du musst nicht immer gleich denken, dass Fee ...«

Fee begann unverzüglich, ihre Ohren warm zu reiben, sodass ihre Stimmen ganz weit weg klangen und sie nichts von dem mitbekam, was sie sagten. Währenddessen schaute sie in den Korb, der auf dem Tisch stand: Papiergirlanden und bunt gefärbte Tannenzapfen und kleine Figuren aus Goldpapier und Vögelchen, die aus Korken und Streichhölzern und gefundenen Federn gemacht waren, mit Glasperlen als Augen.

»Habt ihr das aufbewahrt? Und mit umgezogen?«

»Natürlich! Schließlich hast *du* das doch alles gemacht!«

»Kinderkram! So was wirft man doch weg ...« Aber Fee wünschte sich auf einmal, dass sie unheimlich große Lust bekäme, etwas zu basteln, genau wie damals, als sie noch klein war. Und noch bevor sie ihren Mantel aushatte, bekam sie unheimlich große Lust, etwas zu basteln.

»Ich baue eine Krippe!«

»Was?«, sagte Papa. »Eine *Krippe*? Diesen katholischen Kram?«

»André!«, sagte Mama. »Ja, Kind, nur zu, ich finde so eine Weihnachtskrippe auch sehr, äh ... gemütlich! Nur was alles mit dazugehört, das weiß ich nicht so genau ...«

»Aber ich. Ich habe mir neulich mit Laura die Krippe in der Kirche angeschaut.«

»Du sollst deinen armen Vater nicht so ins Wanken bringen!«, rief Papa von seinem Stuhl herunter.

»Es war eine traurige Krippe, fand ich. Viel zu große Figuren, an denen überall Stückchen fehlten, sogar ganze Finger und Zehen – sie waren alle barfuß, merkwürdig, nicht? –, und eine dicke, gelbliche Steinpuppe mit lauter Rissen als Christkind. Die Könige guckten traurig und der Ochs war sehr hässlich, mit viel zu kurzen Beinen und einem blinden Auge. Nur der Esel hat mir gefallen. Er hatte ein Maul so weiß wie Mehl.«

»Dürft ihr euch denn einfach so in der Kirche herumtreiben?«, fragte Papa.

»Das ist doch kein Herumtreiben! Und wir haben nichts gemacht«, sagte Fee, aber bei dem Gedanken an den schallend lauten Ochsen wurde ihr wieder heiß im Gesicht.

»Mama, ich habe doch noch die ganzen Tiere!«, rief sie hastig. »Und Paps, Papa, kannst du mir schnell einen Stall bauen?«

»Ja, klar doch!«, meckerte Papa, der sich gerade mit einem von Fees Vögeln abkämpfte.

Fee donnerte die Treppe hoch in die Dachbodenkammer, um ihre Kiste mit altem Spielzeug umzukrempeln. Wenn sie bloß noch genug Puppen und Tiere hatte und bloß noch so ein süßes Babypüppchen, ein schönes, hellbraunes Püppchen, nicht gelblich, nicht dick, und ohne Risse und noch mit allen Fingern und Zehen. Wenn Mama bloß noch irgendwo ein himmelblaues Stück Stoff für den Mantel der Maria hatte. Und Goldfaden ... Oder passte das nicht, ein himmelblauer Mantel mit Goldfäden, wenn man ein Baby im Stroh bekommen sollte?

Sie könnte Laura in den Ferien herholen und ihr die Krippe zeigen. Wenn sie wollte. Wenn es die unheimliche Zimmerwirtin erlaubte.

»Demnächst singen wir auch noch Weihnachtslieder!«, meinte Papa seufzend von seiner Couch herunter. »Was soll noch aus uns werden?«

»*O Tannenbaum* ...«, begann Mama auf der Stelle.

»Nein, warte, warte!«, rief Fee. Sie saß am Arbeitstisch und kleidete den Boden ihrer Krippe mit einer dicken Schicht Moos aus. Papa hatte das Ding ziemlich hastig aus ungeschälten Zweigen zusammengezimmert, weswegen alle Figuren und Tiere immer umfielen. »Warte«, sagte sie noch einmal. »Ich weiß etwas Schöneres. »*Die Hirten im Felde, sie lagen bei Nacht*«, begann sie.

»*Die Hirten im Felde, die haben gelacht, die haben ja so laut gelacht*«, tönte Papa.

Mama musste laut lachen. Fee tat so, als müsste sie das auch. Sie dachte an Schwester Michaela, mit der sie das Lied gesungen hatten. Fee kannte es ganz auswendig und mochte diese Hirten sehr, sie hatte schon drei von ihren Männchen einen Hirtenmantel verpasst und einen krummen Zweig als Stab. Schwester Michaela hatte eine schöne Stimme, eigentlich viel schöner als Mama.

Jetzt war es wieder zu still in der Werkstatt. Papa raschelte ab und zu mit seiner Zeitung, Mama seufzte jedes Mal, wenn ihr etwas in ihrem Buch gefiel, Boris schnaufte im Schlaf und Josefien lag schnurrend neben dem Kanonenofen. Fee kramte geräuschvoll in dem Karton mit den Tieren, auf der Suche nach Lämmchen. Es mussten noch Lämmchen dazu. Oder nicht? An Weihnachten gab es natürlich noch keine Lämmer, die kamen erst im Februar oder März. Genau wie kleine Zicklein. Wie es Stine und Triene wohl ging? Sie waren schon sehr dick. Musste sie nicht kurz nach ihnen sehen? Sie war gerade da gewesen, aber sie brauchte ohnehin noch etwas Heu aus dem Stall für das Kind in der Krippe. Stroh war so hart. Und eine Krippe hatte sie übrigens auch noch nicht.

War es überhaupt eine gute Idee, so eine Weihnachtskrippe?

Papa fand es zu katholisch und in Mamas Augen war sie natürlich schon viel zu groß dafür, um sich mit Püppchen und Tierfiguren abzugeben, auch wenn sie das nicht sagen wollte. Als Mama elf war, musste sie auf dem Bauernhof bereits hart arbeiten und Spielzeug hatte sie nie gehabt. Mit siebzehn war sie davongelaufen, in die Stadt, mit Papa. Später war es doch wieder gut geworden zwischen ihr und Oma Greetje und Opa Piet, außer dass Papa sich immer mit Opa und den Onkeln stritt.

»Hier, sieh mal, Fee«, sagte Papa plötzlich und hielt die Vorderseite der Zeitung hoch. Fee sah ein Foto von einem kleinen Hund in einer Wasserschüssel, neben sich mehrere erstaunte junge Enten. Wirklich ein Foto für sie, für das Kind! Sie schnaubte. Anstatt auf das Foto schielte sie auf die Schlagzeilen über den Artikeln. »Einsturz einer Mergelgrube in Belgien«, tönte sie. »Zusammenstoß auf der Neuen Maas. Maler stürzt sieben Meter tief. Mädchen ertrunken.«

Mit dem Daumen schob sie das letzte Stückchen Moos an seinen Platz und sprang auf. »Ich gehe mal kurz zu Sofia, ich brauche mehr Stoff«, sagte sie.

Mama hatte sie nicht gehört, sie war gerade mitten in einem tiefen Seufzer. Und Papa meinte nur grinsend: »Nimmst du dich vor den Steinewerfern in Acht?«

David und Goliath, dachte Fee immer, wenn sie den Weg entlangging. Schwester Michaela hatte neulich aus der Bibel vorgelesen und von David und Goliath erzählt. Sie hatte vorgemacht, wie David seine Steine schleuderte, und die ganze Klasse hatte den

Kopf eingezogen! David konnte so gut Steine schleudern, dass er Goliath fällte. Danach hat er ihn enthauptet. Wer nun dieser David war, wusste Fee noch nicht, aber Sophia war der Goliath und durfte nicht gefällt werden. Und enthauptet erst recht nicht.

Sie war bestimmt zu Hause. Wo sonst sollte sie sein? Verwandte oder Freunde, zu denen sie gehen konnte, hatte sie nicht. Mama hatte sie eingeladen, aber sie hatte dankend abgelehnt. Warum, wusste Fee nicht.

Hätte sie nur Boris mitgenommen, dann hätte sie eine Abkürzung über den Knochenpfad nehmen können. So allein traute sie sich das nicht. Aber warum eigentlich nicht? Papa meinte, im Eulenwäldchen gäbe es keine Gespenster; Papa meinte, sie hätte sich den Steinewerfer nur ausgedacht; Papa meinte, sie wäre ein Fantast. Und was hätte sie an Boris gehabt? Der leckte ihrem Mörder noch die Hand – meinte Papa.

Fee holte ihre rechte Hand aus der Manteltasche, schaute zu dem grauen Himmel empor und schlug langsam und genau ein Kreuz, ganz wie es sich gehörte. Dann spurtete sie am Eulenwäldchen vorbei. Sie sprang über den Graben, der den Anfang des Knochenpfads vom Annaweg trennte, und rannte, bis sie nicht mehr weiterkonnte. Sie suchte das Loch in dem Brombeergestrüpp. Es gab da eine Stelle, an der man hindurchkonnte, ohne sich die Kleidung und die Haut zu zerfetzen. Aber selbst jetzt, wo die Brombeersträucher fast kahl waren, konnte sie den Durchgang nicht mehr finden. Umkehren konnte sie nicht, durfte sie nicht, dann passierte etwas Fürchterliches, das wusste sie sicher, sie hörte es an dem Rauschen im Eulenwäldchen.

Als sie zuletzt bäuchlings unter den Dornenzweigen hindurchrutschte, musste sie an Pierre denken. Der Knochenpfad hieß so wegen Pierre. Wegen der Knochen von Pierre. Vielleicht hatte er ja ebenfalls bäuchlings unter den Brombeersträuchern hindurchkriechen müssen, nachdem er sich verirrt hatte oder vielleicht auch davongelaufen war, vor langer Zeit während der Schlacht um Boxtel. Hatte er damals nicht aufgepasst, war er im Dunkeln in einem dieser verräterischen Schlammtümpel versunken und erstickt? Mehr als hundert Jahre hatte er dort gelegen. Dann wurde er gefunden und bekam einen Platz auf dem Friedhof. *Französischer Soldat 1794* stand auf dem Holzschild auf seinem Grab. Sonst nichts. Darum hatten sie und Sofia ihn Pierre genannt, dann hatte er wenigstens noch irgendwas.

»Bonjour«, sagte Fee, als sie sich wieder aufrichten konnte. »Tu mir nichts, ja?«

Endlich fand sie den Pfad zu dem Wald hinter Sofias Haus. Laufen war unmöglich, der Pfad war zu schmal und zu schlammig. Alte, trübe französische Geister, die einem hinterherschwebten, konnte man am besten mit einem alten, traurigen französischen Lied beschwören. »*Au clair de la lune*«, sang sie laut, »*mon ami Pierrot*« ... Sie hatte die Worte der letzten Strophe vergessen und sang nur noch »*lalalala-laa-la*«, als sie aus dem Wald trat und die Pforte von Sofias Gemüsegarten aufstieß.

Sie sah es sofort, das Wort, in krummen, schiefen Kreidebuchstaben auf den braunen Brettern des Hauses: MOFFENHURF. Bei dem letzten Buchstaben fehlte ein Strich, da war die Kreide abgebrochen, sah Fee, als sie näher gekommen war. Die Stücke lagen auf dem Boden, zwei schmutzige Stückchen Straßenmalkreide. Ganz kurz schaute Fee über ihre Schulter, schoss dann mit dem Fuß die Kreidestücke, so weit sie konnte, von sich weg, zog ihre Ärmel über die Hände und begann wie besessen, die Buchstaben wegzuwischen. Es ging nicht so gut, die Kreide war feucht, sie rieb sie in das raue Holz und machte hässliche weiße Flecken. Also rieb sie händeweise Erde darüber. So machte sie alles noch schmutziger, aber wenigstens war das Wort weg. Sie ging zurück zu der Gartenpforte, um sie zu schließen, und erschrak: Sie sah Fußabdrücke auf dem schlammigen Pfad. Ach nein, die stammten von ihr selbst. Sie spitzte die Ohren: Totenstille. Die ganze Erde schien verlassen.

Auf Zehenspitzen ging Fee um das Haus herum. Sie durfte keinerlei Geräusch machen, denn dass es so still war, das bedeutete natürlich etwas. Sie wünschte nur, sie hätte gewusst, was. War Sofia weg? Endgültig vielleicht? Verjagt? Aber sie roch den kleinen Holzofen. Sofia würde ihn niemals brennen lassen, wenn sie fortging. War sie zu Hause und würde vielleicht nicht aufmachen wollen, wenn sie anklopfte? Weil sie sich nicht traute? Weil sie dachte, der Steinewerfer wäre so frech, bis an die Tür zu kommen? *David und Goliath*, dachte Fee wieder. Sie musste David ausschalten und Goliath retten!

Neben dem Holzstapel stand eine vergessene Kiste. Fee trug sie zu dem hohen Seitenfenster, kletterte hinauf und spähte hinein. Am Ofen des kleinen Wohnzimmers saß Sofia mit einer Brille auf der Nase. Auf dem niedrigen Tisch neben ihr brannte die große Lampe. Bücher und Hefte und Füller und Bleistifte lagen da, und auf dem Schoß hatte sie einen dicken Notizblock, in den sie eifrig hineinschrieb.

Kurz darauf klopfte Fee an die Haustür. Es dauerte ziemlich lange, bis sie Sofias Schritte hörte. War sie böse? Durfte sie nicht gestört werden? War es vielleicht etwas Wichtiges, das mit den Büchern und Heften? Die Tür ging auf und Fee wartete auf Sofias übliches *Na, Kind?* Es kam nicht. Als sie hochschaute, sah sie Sofia stocksteif und mit offenem Mund in der Türöffnung stehen.

»Aber was ...«, fragte Fee.

Sofia starrte sie immer noch an, als sähe sie ein Gespenst.

»Was ist? Was gibt es da zu gucken!«, maulte Fee. Erschrocken fing sie noch mal an: »Tag, Sofia. Äh ... frohe Weihnachten. Ich wollte dich fragen, ob du vielleicht ...«

Wortlos drehte Sofia sich um, ging zum Ende ihres Hausflurs, zündete ein Streichholz an und damit die Lampe neben dem Spiegel, der dort hing. Dann winkte sie sie ungeduldig herbei.

»Das bin ich nicht«, sagte Fee, als sie vor dem Spiegel stand und ein schlammverschmiertes Landstreicherkind vor sich sah. Erst musste sie kichern, doch dann biss sie die Zähne zusammen, denn nachdem sie die blutigen Schrammen in ihrem Gesicht und auf ihren Händen sah, spürte sie sie auch.

»Tja«, sagte Sofia. »Statt eines Weihnachtsengels besucht mich ein abgerissener Lausejunge wie Pietje Bell! Was in aller Welt hast du bloß angestellt, Fee? Wer oder was ist dir über den Weg gelaufen?«

»Pierre.«

»Ja natürlich! Pierre! Und was hat Pierre gesagt? ›Schönen guten Tag, Mademoiselle, werfen Sie sich s'il vous plaît direktemang in die Brombeeren‹?«

In der Küche pellte Sofia sie aus ihren schmutzigen, kaputten Sachen, wusch ihr die Schrammen aus und tat Jodtinktur drauf und die ganze Zeit biss Fee die Zähne fest zusammen. Erst als sie in ihrem vertrauten Winkel beim Herd saß und zuschaute, wie Sofia die Risse in der neuen karierten Hose flickte, sagte sie wieder etwas. Und zwar: »Ich wollte dich eigentlich fragen, ob du Lappen für mich hast.«

»Lappen?«

»Ja. Schöne Stoffreste. So wie die in deinem Nähkorb da. Für die Hirten. Und die drei Könige. Und Josef und Maria. Und das Kind ... äh ... Jesuskind.«

»Ach!«, rief Sofia. »Eine Krippe! Du bastelst eine Weihnachtskrippe!«

»Ja. Hilfst du mir dabei?«

»Gern. Das heißt, wenn ...«

»Der Chef hat nichts dagegen«, sagte Fee schnell und nahm sich gleichzeitig vor, Papa ganz, ganz gemein anzustarren, wenn er Sofia merken ließ, dass er sie in der Werkstatt lieber nicht zu Besuch hatte.

»Aber erst das hier«, sagte Sofia. »Da, deine Hose ist wieder heil. Jetzt dein Mantel. Aber was in aller Welt ist das an deinen Ärmeln? Hier, es sieht aus wie Weißkalk. Wie kommst du denn an so was?«

»Keine Ahnung.« Fee dachte an die Kreide und das Wort, an den Schlamm und die Brombeerzweige, an Pierre und Heinz, an

Josef und Maria und dann wieder an die Kreide und *das Wort*. Sie würde nichts von dem Wort sagen, zu niemandem, nicht zu Sofia, nicht zu Mama, nicht zu Papa. Sie war doch ein Fantast, oder? Also stimmte es einfach nicht. Das Wort hatte es nie gegeben, und fertig!

Sie sprang auf. »Gib her! Gib mir meine Hose und meinen Mantel! Mama sieht sowieso nicht, was damit ist. Komm, lass uns schnell gehen! Und darf ich das blaue Stück Stoff dort haben? Und das goldbraune? Ach, und das Band da? Und hast du noch mehr? Und hast du vielleicht auch noch Goldfaden?«

~11~

»Tja, weißt du, so kann ich vorläufig nicht arbeiten«, sagte Papa und streckte sich nochmals auf seiner Couch aus, sodass Josefien von seinem Bauch rollte und mit einem bösen Schrei auf den Boden plumpste.

»Tierquäler«, sagte Fee.

»Und du, du bist ein Vaterquäler. Du packst meinen Arbeitstisch mit Heiligkeiten voll und dann bleibt für mich gar kein Platz mehr.«

»Ich kann doch nichts dafür, dass Sofia die Krippe in so eine große Landschaft gesetzt hat.«

»Ja. Mit einer schwarzbunten Kuh. Eigentlich ganz praktisch. So ein Ochs, was hat man schon davon? Eine Kuh gibt immerhin Milch, falls die Heilige Jungfrau keine Muttermilch hat.«

»Papa!« Wenn Schwester Michaela ihn so reden hörte!

»Ja, und dem Jesuskindchen hat sie ein Doppelbett aus Blech verpasst.«

»Bitte, Paps!« Aber sie musste zugeben, dass es eigentlich nicht zum Ansehen war, ihr schönes, in blaues Samtband gewickeltes Babypüppchen in dieser viel zu breiten Blechkrippe. Mit dick Heu darunter, das schon. Und trotzdem. Ginge durchaus, hatte Sofia gesagt und mir nichts, dir nichts die englische Dose aufgeschnitten und das eklige Pulver draußen weggeschüttet, ohne Genehmigung des Offiziers. Und sie hatte die Steine – inzwischen waren es vier, Augengneis und Quarzit und Porphyr und noch ein Porphyr, meinte Papa – einfach so genommen und zur Krippe gelegt, denn ihrer Meinung nach gehörten auch Felsen dazu.

»Sag mal«, begann Papa wieder, »wir haben mittlerweile schon den vierten Januar.«

»Ja …«

»Also, muss dieses Monstrum dann nicht so langsam weggepackt werden? Sodass ich wieder Platz habe?«

»Was wolltest du denn machen?« Fee blickte auf die Ecke des Arbeitstischs, auf den Stapel staubiger Skizzenblöcke, die Bleistifte und die Zeichenfedern und dieses geheimnisvolle Rechenlineal und die Zirkel und die Dreiecke und die Farbdosen.

»Ach, ich habe alles Mögliche im Kopf!«

»Ja, bestimmt eine Gartenumgrabemaschine und eine automatische Wintermöhren-aus-der-Grube-Grabmaschine und einen Rosenkohlpflücker und einen Geschirrspüler und einen Wäscheaufhänger und einen Bettenmacher und … und einen Weihnachtskrippenplattmacher …«

»Ich hatte eigentlich mehr an einen Aussichtsturm gedacht, der über die Eichen hinausragt, damit ich über die Heide blicken kann.«

»Also wirklich, Paps, du kannst doch ebenso gut zu Fuß zur Heide gehen. Das wäre bestimmt gut für dich. Du wirst viel zu dick.«

»Ja freilich, nur zu! Dabei gehe ich doch oft genug zur Heide.«

»Wann denn?«

»Na, immer dann, wenn du nicht da bist!«

»Ich glaube dir kein Wort. Und ich will die Krippe so lange stehen lassen, bis Laura sie gesehen hat. Vielleicht morgen schon. Wenn sie darf.«

»Morgen? Heute! Geh und hol diese Laura, damit sie sich den Kram hier meinetwegen eine halbe Stunde lang anschaut, und dann fliegt das ganze Zeug hinaus. Und jetzt gib mir die Zeitung.«

»Nein, die hast du schon dreimal aus und dann liest du mir ja doch nur wieder etwas von russischen Armeen und Panzern und dem Kalten Krieg und Atomwaffen vor. Dazu habe ich keine Lust! Ich habe keine Lust auf Krieg!«

»Findest du nicht auch, dass Papa zu dick wird?«

»Zu dick? Ach was. Na ja, zurzeit ist er ein bisschen äh ... mollig.«

»Mollig«, das war doch kein Wort für einen Vater!

»Wie war er denn früher?«

»Früher?«

»Ja, als du ihn kennengelernt hast«, sagte Fee ungeduldig. »Du hast ihn doch irgendwann das erste Mal gesehen! Ist er da dünn gewesen?«

»Alle waren damals dünn!«

Fee schaute kurz zu Mama hoch und sagte dann hastig: »Du brauchst es nicht zu erzählen«, aber Mama hatte schon angefangen.

»Fast schon durchsichtig war er. Nur Haut und Knochen. Oma Greetje sagte: ›Er sieht aus wie der Gevatter Tod!‹ Wir hatten noch genug zu essen auf unserem Hof und wir ...«

»Durchsichtig? Haut und Knochen? *Der Gevatter Tod*?«

»Und ich sagte: ›Vorsichtig, nicht zu viel auf einmal essen, sonst wirst du krank.‹ Ich musste ihn zurückhalten, ihm das Brot aus den Händen reißen, es war so traurig ...«

»Aber ...«

»Er war aus der Gefangenschaft fortgelaufen. Hunderte von Kilometern hatte er zu Fuß zurückgelegt. Davor hatte er fast ein Jahr lang an einer Eisenbahnstrecke in Deutschland gearbeitet, und ...«

Da, schon wieder! Deutschland. Krieg. Fee hätte sich am liebsten die Ohren zugehalten. »Wieso?«, maulte sie. »Wieso denn schon wieder in Deutschland?«

»Er musste. Die Deutschen hatten ihn abgeholt. Zusammen mit anderen jungen Männern. Sie hatten nicht den Mut gehabt, unterzutauchen. Sie wurden in einen Zug verfrachtet. Und als er ein Jahr später auf gut Glück bei uns anklopfte, fast wie ein herrenloser Hund, war alles kaputt an ihm. Die Hände, die Füße, die Beine, sein Gesicht, seine Haut ...«

Fee schwieg und versuchte, an etwas anderes zu denken, etwas Schönes, aber da kam nichts. »Musste er da denn auch Deutsch reden?«, fragte sie. »Kann er das gut? Und was musste er tun? Und wieso Gefangenschaft? Und warum ist er die ganze Strecke nach Hause zu Fuß gelaufen? Konnte er nicht einfach die Bahn nehmen? Los, antworte!«

Aber ich will überhaupt keine Antwort.

Mit hängendem Kopf und schleppenden Füßen ging sie neben Mama den Annaweg entlang.

Ob sie ihn geschlagen haben? Musste er unter Stacheldrahtrollen hindurch?

Sie waren schon fast bei der Weggabelung, als sie kurz zu Mama aufschaute.

»Ma, du weinst doch nicht? Warum weinst du?«

»Und du erst!«

»Das ist von der Kälte!« Fee fuhr sich mit dem Handrücken über die Nase. »Nimm dein Taschentuch! Deine Nase ist rot. Und außerdem, ist es nicht etwas merkwürdig, wenn wir gleich bei Lauras Mutter ankommen und du so schniefst?«

»Ja«, sagte Mama, »ja, das ist furchtbar merkwürdig! Besonders, weil wir daheim so einen gemütlich dicken ganzen Papa herumliegen haben, nicht?«

Lauras Mutter war klein und rund und sehr dunkel; neben ihr wirkte Laura blass und schlaksig. »Wie schön, Sie kännenzulärrnen, Mefrrau!« Sie redete noch viel auffälliger als Laura.

Warum stand Mama plötzlich so unbeholfen da, stotternd und mit hochrotem Kopf? Sie würde doch wohl nicht so dumm sein und tatsächlich fragen, ob Laura einen Vater hatte? Denn Fee war sich eigentlich fast sicher, sie hatte keinen. Jedenfalls keinen, der da war, so wie ihr Papa. Rasch zog sie Laura mit sich, weg von der Pforte von Haus Waldeslust, weg von den Müttern, um zwischen den Bäumen am Mirakelweg mit ihr Fangen zu spielen. Als sie sich kurz zu dem Haus umdrehte, sah sie die Zimmerwirtin, wie sie in der Türöffnung stand und Mama und Lauras Mutter anstarrte.

Zum Essen bleiben durfte Laura nicht. Fee fand es nicht so schlimm, denn wenn sie ihre Art Essen womöglich überhaupt nicht mochte, was dann? Aber bis nach Einbruch der Dunkelheit bleiben durfte sie, denn Mama hatte gesagt: »Wir bringen sie so gegen sechs wieder nach Hause, Mevrouw.« Verrückt eigentlich, Mütter, die »Mevrouw« zueinander sagten.

Unterwegs nach Hause trieben sie die ganze Zeit kindische Spiele. Fee ließ Mama absichtlich etwas links liegen. Sie hatte Angst, Mama würde vielleicht Fragen stellen. *Ist dir nicht kalt? Woher aus Indien kommst du denn? Wie war es, als ihr fortmusstet? Hast du dich hier schon etwas eingewöhnt? Läuft es gut in der Schule?*

Laura war immerfort kalt. Laura kam von Java. Für Laura war es schlimm gewesen, dass sie fortmussten, aber auch spannend, nach Holland zu fahren. Laura hatte sich hier schon eingewöhnt. Laura bekam Einser, das alles konnte Fee ihrer Mama einfach so erzählen, wenn sie es denn unbedingt wollte. Das mit den Einsern würde sie vielleicht auslassen. Sie selbst bekam nämlich keine.

»Wohnt ihr richtig im Wald?«, fragte Laura verwundert, als sie nach rechts abbogen.

»Es ist noch viel weiter!«, sagte Fee. »Los! Wer zuerst bei dem Stein ist!«

Fee gewann. Als sie nach Luft schnappend auf dem Annastein saß, betrachtete sie Lauras lange, magere Beine in dem hässlichen Balletttrikot und ihre langen, mageren Hände ohne Fäustlinge und ihr mageres Gesicht. Auf einmal musste sie an den Tod denken, den Gevatter Tod. Sie presste die Lippen zusammen, um nicht zu lachen. Nicht, dass es etwas zu lachen gab, aber sie konnte nichts dafür, *Gevatter* war auch so ein verrücktes Wort.

Doof, dieser eisige Wind. Lauras Lippen waren ganz blau vor Kälte. Fee schaute kurz hinter sich, wo Mama blieb, und beobachtete dann die dahinjagenden grauen Wolken über ihren Köpfen, die plötzlich ein großes Stück klaren Himmel zeigten.

Laura hielt ihr Gesicht in die wässrige Januarsonne. »Die heilige Klara hat uns doch erhört, wenn auch etwas verspätet.«

»Dein Haar glänzt in der Sonne«, sagte Fee. »Und meines?«

»Du hast Eichhörnchenhaare«, sagte Laura. »Eichhörnchen glänzen nicht.«

Sie sprangen auf von dem Stein, warteten nicht länger auf Mama.

»Und wer wohnt da?«, fragte Laura, als sie sich Sofias einsamem Häuschen näherten.

»Ach, eine Frau«, sagte Fee und zuckte mit den Schultern. Wusste Laura etwas? Hatte sie im Dorf etwas über Sofia gehört? Nein, nein, bestimmt nicht, was wusste sie überhaupt von solchen Dingen, sie war doch gerade erst im Land! Wenn Sofia zu Hause war, wenn sie sie sah, wenn sie herauskam, dann würde sie sagen: *Tag, Sofia! Hier, das ist Laura, meine Freundin. Sie kommt aus Niederländisch-Indien!*

Stumm und ohne hinzuschauen, gingen sie an Sofias Haus vorbei.

Fee saß im Schneidersitz auf Papas Couch. Mama saß auf der Ecke des Arbeitstisches und ließ die Beine baumeln. Laura saß auf dem grünen Stuhl am Tisch, kerzengerade und mucksmäuschenstill, beide Hände um ihren Becher Tee. Papa saß nach vorn gebeugt auf dem blauen Stuhl. Er war der Einzige, der redete. »Schau, wenn ich es jetzt so mache, was hältst du davon? Und wenn ich jetzt hier noch ein Fenster einbaue und ein Badezimmer, ja? Und was würdest du von einer kleinen Turnhalle halten?« Laura wagte nicht, ihm zu antworten. Es gab nur eine Antwort. Oder eigentlich zwei. Erstens: *Meneer, ich bin zu groß für ein Puppenhaus.* Zweitens: *Meneer, eigentlich gehört das Puppenhaus Fee und die ist auch zu groß dafür. Jedenfalls fast.* Laura saß nur schweigend und mit rotem Gesicht da. Sie hatte noch kaum den Mund aufgemacht. »Guten Tag, Meneer, wie geht es Ihnen?«, hatte sie beim Hereinkommen gesagt. Es geht ihm gar nicht, hätte Fee am liebsten gerufen. Er denkt sich alles aus und will alles machen, aber er macht nichts!

Und jetzt stand er da mit *ihrem* halbfertigen Puppenhaus, *ihrer* Villa Felicitas, zum ersten Mal seit dem Umzug abgestaubt, und wollte es fertig machen und Laura schenken. Zum Trost, denn er war so dumm gewesen zu fragen: »Und dein Vater?«

»Der ist umgekommen, Meneer. Als ich noch ganz klein war.«

Umgekommen. Warum sagst du nicht einfach: tot? Und jetzt sollst du uns sicher leidtun. Und du sollst mein Puppenhaus bekommen. Deine Zimmerwirtin erlaubt sowieso nicht, dass du es aufstellst! Außerdem glänzen deine Haare zu sehr, neben dir bin ich ein mattes Eichhörnchen. Ein dickes Eichhörnchen außerdem, denn du bist viel zu dünn ...

»Was schmollst du da so allein vor dich hin?«, fragte Mama.

»Komm, setz dich dazu!« Hinter Lauras Rücken machte sie Fee gegenüber so ein Gesicht, um sie zu beruhigen: *Halb so schlimm, Laura wird das Puppenhaus schon nicht annehmen.*

Fee tat so, als sähe sie es nicht. Sie stand auf und ging zur anderen Seite des Arbeitstischs, wohin Papa die Weihnachtskrippe gefegt hatte. Sofias schöne Landschaft war völlig durcheinandergebracht und die kleine schwarzbunte Kuh lag mit den Beinen in der Luft auf dem Rücken. Auch im Krippenhaus stand keine Figur mehr aufrecht. Sie sammelte nach und nach alle Figuren zusammen, ohne auf Papa oder Laura zu achten.

Laura stellte ihren Becher Tee neben den unaufgegessenen Keks und sprang auf, fast so, als hätte sie es eilig. Auf Zehenspitzen ging sie um den Tisch herum. Es schien, als ob ihr heiß wäre; unter ihrer braunen Haut glühte es, sah Fee.

»Warte, ich helfe dir.«

»Gut. Dann mach du die Tiere.«

»Schade um die schöne Weihnachtskrippe.«

Zusammen beugten sie sich über die Spielzeugschachtel und legten alle Figuren ordentlich zurück. Papa erzählte währenddessen einfach weiter von seinen Plänen mit dem Puppenhaus, als hätte er überhaupt nicht bemerkt, dass Laura aufgestanden war.

»Man könnte hier eine echte Glasveranda anbauen«, hörte Fee Mama jetzt sagen, »mit echten kleinen Pflanzen ...«

»Ja, und dann hier ein großes, hohes Atelier ...«

»Ja, für deine ganzen Erfindungen ...«

Als Fee und Laura mit der Spielzeugschachtel aus der Werkstatt schlichen, drehten Papa und Mama sich noch nicht mal um.

»Erst bringe ich das nach oben«, sagte Fee, »und dann darfst du mein Zimmer sehen. Und das restliche Haus. Danach gehen wir zu den Tieren.«

Fees Dachzimmer fand Laura »gemütlich« und die Küche war »riesig«. Mit Schwung öffnete Fee die Türen der Schlafnische ihrer Eltern – zum Glück hatte Mama das Bett schon gemacht.

»Was?«, sagte Laura. »Wie? Also, in einem Schrank, dass Erwachsene in einem Schrank in der Küche schlafen, davon habe ich ja noch nie gehört!«

»Das nennt man ›Alkoven‹«, sagte Fee etwas beleidigt. »Und es ist sehr schön warm darin.« Sie trat hinaus auf den Flur. »Und das hier ist eigentlich das Wohnzimmer, glaube ich.« Mit Mühe bekam sie die klemmende Tür auf. »Aber hier sitzen wir nie, denn es ist viel zu klein und einen Ofen gibt es nicht.« Sie zog die Tür wieder zu, bevor Laura überhaupt etwas gesehen hatte.

Im Keller zündete Fee die Kerzen an.

»Das sieht ja aus wie in einem Geschäft!« Laura starrte auf die Kisten mit Kartoffeln und Äpfeln, auf die Einmachgläser mit Gemüse, auf die Reihen von Ziegenkäse, auf die Säcke mit getrockneten Bohnen und die Dosen mit Mehl.

Draußen beim Waschplatz schaute sie verlegen auf die Pumpe und den hölzernen Waschzuber und den Wäschewringer und die Eimer. »Aber wo … wo ... *mandit* ihr denn?«

»Was?«

»*Mandien* ... Wo badet, wo duscht ihr euch?«

»Ach so, das! Im Sommer einfach hier unter der Pumpe und im Winter in der Küche. In diesem Zuber. Das ist unsere Wanne.«

»Unsere Zimmerwirtin lässt uns nur einmal pro Woche duschen«, sagte Laura entrüstet. Also erzählte Fee ihr nicht, dass sie auch nur einmal pro Woche in die Wanne ging.

Draußen hockte sich Laura vor den Hühnerstall. »Sie sind genau wie die von meiner Oma. Bloß dicker.«

»Eins, zwei, drei, vier, fünf, sechs ...«, murmelte Fee.

»Die Gänse machen mir Angst. Was für riesige Viecher!«

»Die tun dir nichts!«, rief Fee und versuchte, die Gänse durch wedelnde Armbewegungen fernzuhalten. »Sie stellen sich bloß an. Sie denken, sie müssten uns bewachen.« Wenn die Gänse Laura jetzt nur nicht bissen, so wie Fee jedes Mal, wenn sie sie fütterte. »Sieben, acht, neun, zehn, elf ...«

»Was machst du da die ganze Zeit?«, fragte Laura.

»Ach, einfach so.«

»Fehlt eine oder was?«

»Nein ... Aber ich zähle jeden Tag alle. Einfach so.«

»Verstehe«, sagte Laura. »Zur Sicherheit, richtig?«

In dem halbdunklen Ziegenstall ging Laura in die Hocke und lockte die Ziegen zu sich. Stine knabberte an ihren Haaren.

»Schön sind sie, so gefleckt. Werden sie jeden Tag gemolken?«

»Nein, jetzt nicht. Jetzt geben sie keine Milch, sie bekommen nämlich bald Junge. Und wenn mein Vater mal Zeit hat, dann baut er hier einen Eselstall an und dann bekomme ich einen Esel ...«

»Wenn wir irgendwann ein eigenes Haus haben«, seufzte Laura, »dann will ich auch jede Menge Tiere.«

»Früher, bevor wir hierherkamen, haben wir auf einem Dachboden gewohnt, auf den musste man mit einer Leiter hinaufklettern, die Zimmerwirtin war fürchterlich und wir durften nichts, rein gar nichts! Die Katze und der Hund mussten in der Waschküche ...«

»Ein Hund kommt doch auch keine Leiter hinauf.«

»Nein ... aber ... sie war ... sie war *grauenhaft*!«

»Und schauderhaft!«, rief Laura.

»Und ekelhaft und ...«

»Flegelhaft!«

»Stinkehaft ...«

»... und hinkehaft!«

»Und wackelhaft ...«

»... und dackelhaft!«, schloss Laura.

Vor Lachen brüllend rollten sie durchs Stroh, bis sie plötzlich von einer Laterne beschienen wurden. »He! Denkt ein wenig an die armen Tiere!«, rief Mama über die halbe Stalltür hinweg. »Und Laura, soll ich dich etwa so bei deiner Mutter abliefern? Mit Köteln im Haar und nach Ziegen stinkend?«

~12~

»Ist das von uns oder von Sofia?«, fragte Fee beunruhigt, als Mama das Geld hervorholte.

»Was macht das für einen Unterschied? Ich weiß genau, wie viel Sofia mir mitgegeben hat.«

»Ach ja.« Dumm. Sie war einfach dumm. Kein Wunder, dass Papa ihr im Rechnen immer bei den Textaufgaben helfen musste. Sie konnte keine Textaufgaben. Laura schon. Laura bekam Bestnoten.

Metzger De Haas hatte erst alle anderen Kunden bedient, die echten Kunden mit eigenem Geld, Kunden, die wirklich Fleisch kaufen kamen, Fleisch für sich, dicke, teure Rindersteaks, die der Metzger dennoch immer mit einem respektlosen Schwung auf die Waagschale warf.

»So, die Damen!«, rief er nun. »Etwas Leckeres für den Hund und die Katze? Steeeht schon bereit, bitte schöööön!« Er holte ein großes Paket hervor, das zwar jetzt noch ordentlich aussah, aus dem nachher aber schon das Blut durchsickern würde. »Und mögen die Damen denn ein Stückchen Wurst?«

»Ich brauche noch mehr«, sagte Mama.

Der Metzger runzelte die Stirn. Mama wurde rot und griff zu

Sofias Liste. »Hundert Gramm Pferderauchfleisch. Und hundert Gramm Kochwurst. Und ein Stückchen Schweineleber. Für eine Person.«

»Geht in Ordnung«, sagte der Metzger.

Fee starrte schaudernd auf das im Kreis sausende Messer der Schneidemaschine.

»Äh ... soll es zum Kräftigen sein?«, fragte der Metzger lächelnd. »Nicht, dass Sie nicht kerngesund aussähen – wie immer, nicht wahr, aber ich dachte, vielleicht der Herr?«

Fee verschluckte sich an ihrer Wurst. Papa, der auf seiner Couch lag und ein hauchdünnes Scheibchen Pferderauchfleisch nach dem anderen in seinem Schlund verschwinden ließ und der mit jeder Scheibe noch größer und stärker wurde, als er ohnehin schon war ... *Dem Chef geht es gut, machen Sie sich keine Sorgen. Und was kümmert Sie das eigentlich, Sie schmieriger Metzger?* Wenn Mama jetzt bloß nicht so ungeschickt war, Sofia zu nennen. Nein. Ein Glück. Sie lächelte bloß und schüttelte den Kopf.

»Warum müssen wir eigentlich für Sofia einkaufen gehen?«, fragte Fee unzufrieden, als sie wieder draußen standen.

»Also zuallererst«, sagte Mama, »müssen wir nicht. Ich habe es ihr angeboten.«

»Und warum?«

»Sie ist den ganzen Tag in der Stadt, sie muss heute eine Prüfung ablegen. Und wenn sie wiederkommt, sind die Geschäfte zu.«

»Eine Prüfung?« Fee fielen plötzlich die Bücher und Hefte ein. »Aber sie ist alt. Alte Leute legen doch keine Prüfungen mehr ab!«

»Sofia ist nicht alt! Sie ist erst vierundvierzig oder so um den Dreh. Und sie will eine Arbeit, dazu braucht man Diplome.«

»Und dann? Wenn sie die Diplome hat und auch eine Arbeit, dann zieht sie sicher weg, oder?«

Klar, Sofia wollte natürlich weg. Weg von dem Steinewerfer, weg von dem Schmutzige-Schimpfwörter-Schmierer, weg von den Mädchen, die sie ausbuhten, und weg von den tratschenden Dorfleuten, die einfach nicht von dem ewigen Früher aufhörten. Weg, irgendwohin, wo keiner sie kannte ... Warum sollte sie noch an sie denken, an Fee? Sie war ja bloß ein Kind. Und ein dummes Kind noch dazu ...

»Weg? Na, ich hoffe nicht!«, sagte Mama. »Lieber nicht!«

Sie überquerten den Platz und gingen die schmale Lindenallee entlang. Die waren jetzt kahl, die Linden, und doch war die kleine Allee ein guter Ort, seiner Mutter etwas Unangenehmes zu erzählen. Nicht das mit den Steinen, denn Mama glaubte ebensowenig an den Steinewerfer wie Papa. Nein, das mit dem *Wort*. Aber dann musste sie es sagen, das Wort ... Sie konnte es buchstabieren, ja, das würde sie tun, das Wort buchstabieren, denn dann war es zwar da, das Wort, aber man hörte es nicht.

»Ma? Mama? Hör bitte mal.«

»Ja? Was ist denn?«

Plötzlich klang neben ihnen das Geklapper von Absätzen und Mama schaute zur Seite. »Guten Tag, Frau Mandel!«, sagte sie. »Wie geht es Ihnen?«

Gab es nicht eine Heilige, die man bei plötzlichen unangenehmen Begegnungen anrufen konnte? Laura hätte bestimmt eine gewusst. Die heilige Amalia oder Sankt Eulalia – ach nein, die lieber nicht – oder die Jungfrau Maria – nein, die konnte man mit so etwas natürlich nicht belästigen. *Mandelius*, erfand Fee. Das klang ziemlich heilig. *Heiliger Mandelius, guter Mann, mach, dass Frau Mandel jetzt fängt zu frieren an und hier mit Mama nicht mehr länger reden kann ...*

Sie musste Frau Mandel die Hand geben. Sie tat es mit Widerwillen; die Frau hatte so dicke Patschhände. Aber sie lächelte lieb und fragte auch nicht, warum Fees Gesicht mal wieder in Flammen stand.

Das erste Mal, als Mama mitleidig von Frau Mandel erzählte, hatte Fee gesagt: »Ihr Kind verloren? Wieso?« Aber danach hatte sie nicht mehr zuhören wollen; sie wusste ja doch schon, was kam. Frau Mandel war Jüdin. Krieg. Deutschland. Lager. Millionen Tote. *Damals*. Fee wusste ziemlich viel über die Lager, allein schon deswegen, weil Tante Lucy früher so gern davon sprach, wenn Papa und Mama mal kurz weg waren. Im Geschichtsunterricht in der Schule kamen sie übrigens nie vor.

Fee stand mitten auf dem Kiesweg zwischen den kahlen Linden, in den Händen eine schwere Tüte voll blutiger Schlachtabfälle. Nur gut, dass es so kalt war, sonst würde man es schon riechen. Es würde nach Tod riechen. Wenn man Frau Mandel sah, musste man immer an den Tod denken, obwohl sie selbst sehr lebendig war. Und schön angezogen. Und auch lieb, aber ein bisschen vornehm, mit Lippenstift und Halsketten. Plötzlich legte Frau Mandel Fee eine ihrer molligen Hände auf den Kopf und eine Sekunde lang dachte Fee: Mama wird mich ihr mitgeben. Zum Trost.

»Du wolltest mir vorhin doch etwas sagen, nicht?«, fragte Mama kurz darauf vor dem Eingang zum Gemischtwarengeschäft.

»Ich? Nein. Nicht dass ich wüsste.«

Im Geschäft wurde Mama von Kopf bis Fuß beguckt und belauert, sah Fee. Natürlich wegen dieser Bärenjacke und der Samthose. Keine einzige Frau lief hier je in Hosen herum, selbst dann nicht, wenn es Stein und Bein fror. Mama schien es nicht zu bemerken. Sie sagte freundlich Guten Tag. Nur der Verkäufer brummte etwas zurück.

»Bestimmt hat sie die Küchentür aufgelassen«, sagte Fee, als Mama feststellte, dass Sofias Haustür abgeschlossen war.

Sie gingen zur Seite des Hauses, aber auch die Küchentür war abgeschlossen. Das war sie sonst nie. Das hatte etwas zu bedeuten.

»Was hast du vor?«, rief Mama, als Fee ihr schweres, ekliges Paket kurz abstellte und hinter das Haus lief. Sie musste schneller sein als Mama. Wenn irgendwas war, dann musste sie es als Erste sehen und es schnell vor Mama verstecken. Oder nein, sie sollte es gerade nicht verstecken, sondern umgekehrt, es ihr zeigen: *Siehst du jetzt, dass ich mir das nicht ausgedacht habe? Siehst du den Stein da? Und siehst du das Wort?*

Aber da war kein Stein und auch kein Wort. Da war nichts. Nichts jedenfalls, was man direkt sah. Sie musste jetzt sehr gut aufpassen und vorsichtig gehen, keine Spuren verwischen, unsichtbar sein. Unsichtbar für wen? Für jemanden, der sich im Stechpalmenwald verbarg? Jemand, der dort mit einem großen Stein in der Hand bereitsaß? Oder vor jemand, der sich im Schuppen versteckt hielt, dem Holzverschlag, der früher das Klo gewesen war – nicht mehr als ein Loch im Erdboden, hatte Sofia erzählt –, um plötzlich mit einem Schwert in der Hand hervorzuspringen? Die Tür des Verschlags stand einen Spaltbreit offen und sie bewegte sich, öffnete sich langsam und knarrend. Fee fuhr zusammen und drückte sich gegen die Bretter des Hauses, die Arme schützend um den Kopf gelegt.

»Feli, wo bleibst du?«, rief Mama. »Sag, was machst du da? Spielst du jetzt Verstecken mit dir selbst? Ach, sieh nur, da kommen zwei Fasanen aus dem Schuppen! Wie witzig.«

»Was liest du da?«

»Erst du. Was zeichnest du da?«

Papa hielt Fee, die neben dem Kanonenofen auf dem Boden saß, seinen Skizzenblock hin.

»Sieht aus wie ein Garten«, sagte sie. »Erfindest du einen Garten?«

»Ja, ein Paradies aus der Tüte.«

»Ach. Du verstreust ein geheimnisvolles Tütenpulver, Wasser dazu und hopp, tausend Blumen! Könntest du nicht besser einen Gemüsegarten aus der Tüte erfinden?«

Fee schaute auf die Fensterbank, wo schon reihenweise Töpfchen mit Sämlingen darauf warteten, dass es endlich Frühling wurde.

»Nein, dann hat Mama nichts mehr zu tun.«

»Haha!«

»Und was liest du?«, fragte Papa wieder.

Fee hielt *Die Schatzinsel* in die Höhe.

»Schon wieder Seeräuber?«, fragte Papa. »Was sagen denn die Nönnchen dazu?« Er zeichnete wieder weiter. »Musst du übrigens Mama nicht helfen? Essen wir noch nicht bald? Ich habe einen ziemlichen Appetit, du nicht?«

»Mama kocht gerade die Schlachtabfälle für Boris und Josefien. Es stinkt gewaltig. Und wir essen noch nicht, denn Sofia muss erst noch kommen und ihre Einkäufe abholen. Sie ist in die Stadt heute. Sie hat eine Prüfung.«

»Tatsächlich?« Papa fragte nicht weiter.

Fee starrte aus dem Fenster der Werkstatt. Es war noch hell, aber Sofia würde erst mit dem Sechsuhrbus zurückkommen. Dann musste sie doch noch durch die Dunkelheit nach Hause radeln.

Papa ließ seine Bleistifte über das Papier fliegen; er hatte Freude an seinem Tütenparadies, das sah man an seinen Mundwinkeln, die auf seine Ohren zeigten. Fee betrachtete ihn über ihr Buch hinweg. Es erschien ihr unbequem, wie er dasaß, halb aufgerichtet in den Sofakissen, den Skizzenblock auf seinen angewinkelten Beinen. Sein Bauch war so doch sicher im Weg! Und in diesem runden, *molligen* Papa versteckt war also ein junger Mann, der schon fast durchsichtig war, jemand, der nur aus Haut und Knochen bestand, jemand so dünn wie der Gevatter Tod ...

»Was kicherst du? Sind die Piraten so lustig?«

»Nein ... Papa? Paps, was ist ... der Gevatter Tod, was ist das?« Ihre Stimme klang sehr eigenartig und piepsig, aber Papa bemerkte es zum Glück nicht.

»Der Gevatter Tod? Ich werde ihn dir malen!«, sagte er sofort.

Ob sie unter dem Bild wohl schlafen konnte? Sie hatte es an die Dachschräge geheftet, zuerst über ihrem Kopf, aber dann sah sie es nicht, wenn sie im Bett lag, und das war nicht nett gegenüber Papa. Dann halt über das Fußende. Dort sah sie es vielleicht zu gut; da hing der Gevatter Tod, als könnte er jeden Moment auf ihr Bett springen!

Sie legte sich einen Moment hin, um es auszuprobieren. Mit einem Auge betrachtet war er witzig, dieser Gevatter, der sich mit einem fröhlichen Grinsen und in einem seltsam weiten Nachthemd voller Löcher und mit einer Mütze auf seinem kahlen Schädel aus seinem Sarg aufrichtete. Schaute man mit zwei Augen hin, dann war er gruselig, dann sah man seine hohlen Augen und seine durchsichtigen Knochenhände so gut und dann war auch sein Grinsen nicht mehr sehr fröhlich. Papa hatte selbst sehr über ihn lachen müssen. Wenn sie nachts aufwachte, musste sie aufpassen, dass sie nur ein Auge aufmachte. Ihr linkes.

Sie federte hoch und rannte die Treppe hinunter, denn sie hörte Stimmen in der Küche, aber als sie hereinkam, stand Sofia schon wieder draußen im Hof und packte die Einkäufe in ihre Fahrradtasche. Mama half ihr dabei. Sie redeten leise miteinander. Fee verstand sie nicht.

»Hallo, Sofia!«, sagte Fee. »Wie ...«

»Soll ich dich noch kurz begleiten, Sofia, zusammen mit Boris?«, fragte Mama.

»Hallo, Sofia«, rief Fee wieder.

»Ach was, nein! Ich bitte dich, ich stehe schon meinen Mann!« Und mit einem Schwenk ihrer langen Beine und einem Schwung ihrer langen Mantelschöße stieg Sofia auf ihr Fahrrad und fuhr würdevoll vom Hof hinunter.

»Morgen früh!«, rief Mama ihr nach.

Fee war wieder ins Haus geschlendert. Wie konnte man denn fragen, wie die Prüfung gelaufen war, wenn die andere einen weder hörte noch sah? Vielleicht war sie ja durchgefallen. Vielleicht war sie ja zu dumm.

Fee saß am Küchentisch und wartete, bis die Tür endlich mal zugemacht wurde. Sie fror hier wie ein Schneider, aber das war offensichtlich egal. Und der Topf mit dem Tierfutter stank immer noch vor sich hin.

Boris hockte schon fiepend vor seinem Fressnapf und Josefien strich miauend um ihren herum. »Jetzt hört schon auf damit!«, fuhr Fee sie an. Warum fraß Boris nicht einfach altes, trockenes Brot? Und Josefien nicht einfach Mäuse? Schließlich waren sie doch Armeleutetiere, oder?

Sie musste an den Metzger denken und an diesen reichen Janssen mit seinen vier Dobermännern als Leibwache. Ob dieser Janssen jetzt wohl in einem riesigen Topf voll stinkendem Pansen rührte, für die vier Biester? Und streute er dann etwas mit hinein, ein gemeines Pulver, das er aus dem Krieg übrig behalten hatte, um sie extra bissig zu machen?

Die Tür wurde leise geschlossen; Mama legte etwas auf den Tisch, aber Fee schaute nicht, was es war. Jetzt streichelte ihr eine große Hand über den Kopf und vor ihrer Nase landete ein Körbchen Kartoffeln, mit einem Schälmesser.

»Bäh, warum immer ich?«

»Du darfst auch das Tierfutter fertig machen, wenn dir das lieber ist!«

»Igitt, pfui!«

Mama setzte sich ihr gegenüber.

»Was gibt es zu essen?«

»Bratkartoffeln und Chicorée mit Käse«, antwortete Mama zerstreut.

Fee hob den Kopf. Warum saß Mama am Tisch und spielte mit etwas herum, obwohl sie kochen und die Tiere füttern musste, die schon umfielen vor Hunger? Warum rieb sie sich immer wieder mit dem Zeigefinger über die Nase und starrte die Sachen auf dem Tisch an, die sie jetzt so und dann wieder so hinlegte? Steine waren es, fünf Steine, Augengneis, Quarzit, Porphyr, noch ein Porphyr und ein neuer, ein gelblicher, rostbraun gestreifter.

Fast hätte sich Fee in den Finger geschnitten. »Ma?«, fragte sie.

»Irgendwer …«, sagte Mama mit einem Seufzer, »irgendwer hat bei Sofia eine Scheibe eingeworfen.«

~13~

»Zusammenbleiben!« In Fees Kopf hallte es noch nach. Je lauter Fräulein Raaymakers es rief, desto weniger taten sie es. In letzter Zeit zerfiel ihre kleine Gruppe schon an der Ecke. Die reichen Mädchen gingen links weiter, zu dritt nebeneinander auf dem Klinkerpflaster, und wenn ein Auto oder ein Karren oder ein Moped ankam, sprangen sie im allerletzten Moment kreischend beiseite. Und wie sie sich dabei anstellten!

Fee ging rechts, auf dem Fußweg zwischen den Bäumen, mit Laura und den drei indischen Mädchen aus den unteren Klassen. »Ihr, ja, *ihr* könnt besser da laufen!«, riefen die anderen dann. *Ihr Habenichtse*. Das meinten sie. Dazu gehörte auch Fee. Na, gerne doch!

Die reichen Mädchen gingen langsam, wegen der Jungen, die im Anmarsch waren. Fee und Laura und die anderen drei dagegen rannten. Dymfy schloss sich mal der einen Gruppe an und mal der anderen und alle behandelten sie wie Luft. Fee war der Ansicht, sie müsste ab und zu etwas zu ihr sagen. Dann lächelte Dymfy freundlich zurück und fuhr einfach fort mit ihrem Liedchen oder dem Spiel, womit sie gerade beschäftigt war. Die schmutzigen Geschichten behielt sie für sich; die hob sie auf, bis sie mit Fee allein war.

»Ich komme gleich!«, rief Laura den übrigen dreien zu und schloss das Tor von Haus Waldeslust hinter ihnen. »Nicht auf den Zaun klettern, ja?« zischte sie Fee zu. »Sie guckt!«

»Sie? Wo ist sie denn?«, fragte Fee.

»Da, aber dreh dich nicht sofort um! Da, siehst du die Hand an der Gardine? Die Gardine bewegt sich! Sie schielt nach uns!«

»Sie belauert uns!«, flüsterte Fee.

»Luchsende, fuchsende Zimmerwirtin«, sang Laura.

»Spähende, schielende Wimmerwirtin ...«

»Hast so dicke weiße Beine ...«

»... und grüne Zehen wie die Schweine ...«

»... und so große fette Dutten!«

»Hä?«, fragte Fee.

»Na hier, du weißt schon«, zeigte Laura.

»Darauf weiß ich keinen Reim«, seufzte Fee.

»Laura! Laura, herkommen! Schnell!«, rief ein Kind.

»Tschüs, bis morgen, ja?«, sagte Laura hastig. Ganz kurz berührte sie Fees Hand. Dann schaute sie hinüber zu dem Fenster mit der sich bewegenden Gardine, öffnete mit gebeugtem Kopf hübsch ordentlich die Zaunpforte, schloss sie wieder ordentlich hinter sich und tippelte brav über den Fußpfad zur Rückseite des Hauses.

»Tschüs«, sagte Fee noch. Sie blieb kurz stehen, weil sie Laura nachschauen wollte und weil sie etwas dachte, das sie erstarren ließ: *Wenn Sofia wegzieht, dann könnten Laura und ihre Mutter in ihr Häuschen.*

Fee schaute sich um, wo Dymfy blieb. Die hatte wieder die

Straße überquert und winkte ihr. Die reichen Mädchen waren inzwischen von den reichen Jungen eingeholt worden, Marie-Thérèses überlautem Bruder Toine und seinen überlauten Freunden.

»Immer dieses Getue«, sagte Fee laut. »Immer dieses Getue wegen dieser dummen Jungs!« Als sie zu Dymfy auf die andere Straßenseite rennen wollte, sah sie etwas über die Straße ankommen, etwas Großes und Schwarzes und Würdevolles, etwas mit einem fahlroten Barett auf dem Kopf.

Sofia radelte sehr langsam und sehr vornehm, wie immer. Fee hatte noch jede Menge Zeit, auf die andere Seite zu kommen und so zu tun, als hätte sie Sofia nicht gesehen, als würde sie sie nicht kennen, als würde sie sehr gern mit Dymfy am Totenmannsloch vorbei nach Hause gehen ... Aber schon nach drei Schritten wollte sie nicht mehr so tun als ob. Nie mehr übrigens.

Sie betrachtete Dymfy. Sie betrachtete die reichen Gänse mit ihren reichen Knilchen. Dann blieb sie mitten auf der Straße mit weit ausgebreiteten Armen stehen.

»Momentchen, ja?«, meinte Sofia lachend, als sie angehalten hatte und Fee schon Anstalten machte, sich auf die Stange zu hieven. »Erst meinen Mantel in Ordnung bringen.« Sie beeilte sich nicht; hatte sie die starrenden Kinder auf der Kreuzung denn nicht gesehen? Oder existierten die einfach nicht für sie? Sie bückte sich, um einen ihrer Mantelschöße mit einer Art Klammer festzumachen.

Plötzlich spürte Fee einen scharfen Schmerz. Ihre Hand schoss zu ihrem Hinterkopf.

»Was ist?«, fragte Sofia verwundert.

Unterdrücktes Kichern hinter ihnen. Gepruste. Davonrennende Schritte. Fee drehte sich um und sah nur noch die dicke Claire, die nicht mit den anderen hatte Schritt halten können. Etwas weiter stand Dymfy mit offenem Mund da. Fee befühlte ihr Haar. Sie blutete.

»Was ist denn?«

»Ach, nichts. Los, wir fahren!«

Sofia wollte erst zu Hause ihre Einkäufe verstauen. Dann würde sie Fee nach Hause bringen, versprach sie. Fee kam mit hinein, um zu helfen. Ab und zu fühlte sie vorsichtig an der wunden, klebrigen Stelle auf ihrem Kopf. So war es also, wenn man beworfen wurde. Aber war der Stein wirklich für sie bestimmt gewesen? Oder hatte er eigentlich Sofia gegolten, die sich gerade gebückt hatte? Und wer von den Jungs hatte ihn geworfen? Oder wer von den Mädchen? Dymfy? Nein, Dymfy nicht, die hatte sie aus dem Augenwinkel allein dastehen sehen, ganz lahm und mit schlaff herabhängenden Armen. Da hatte sie noch gedacht: Wenn die bloß nicht auch noch mit aufs Fahrrad will, denn sie wollte Sofia allein für sich. Nein, Dymfy war es nicht gewesen. Die konnte außerdem auch nicht zielen.

»Komm, du Träumerin«, sagte Sofia, »lass uns mal langsam aufbrechen.« Sie schloss die Tür. Zusammen gingen sie zurück zum Fahrrad.

Der Schlag gegen das Haus war dermaßen laut, dass sie beide aufschrien und sich aneinander festklammerten.

»Los, schnell! Dann erwischen wir ihn noch!«

»Nein! Bist du verrückt geworden? Hiergeblieben!«, zischte Sofia, aber Fee zog sie an ihrem Mantel mit.

Sich noch immer gegenseitig festhaltend, schlichen sie an der Seite entlang bis hinter das Haus, aber noch bevor sie bei der Küchentür waren, hörten sie ein heftiges Knacken von Zweigen und dröhnende Schritte und einen rauen Schrei wie von einem Tier, das in eine Falle tritt. »O Gott im Himmel! O himmlischer Gott!«, keuchte Sofia.

Der raue Schrei ging in ein Jammern und Weinen über und dann in Worte: »Lassen Sie mich los! Lassen Sie mich! Nein, nein! Bitte, bitte, lassen Sie mich los! Ich war es nicht, bitte! Bitte, Meneer, es waren die anderen Jungen!«

Bitte, Meneer?

Fee hörte, wie sie schnaubte. Sie schob Sofias Hand weg und stürmte auf den Hinterhof.

Meneer hatte beide Hände voll. Meneer stand breitbeinig mitten in Sofias etwas verwahrlost daliegendem Gemüsegarten, wie ein Riese, der den kleinen Däumling gefangen genommen hatte. Mit seiner großen linken Hand hatte er das rechte Fußgelenk des Däumlings umfasst und mit seiner großen rechten Hand dessen linkes. Der kleine Däumling hatte zwei unterschiedliche Socken an; seine Waden waren milchweiß und voll roter Schrammen. Hoch über der Erde hing er kopfüber in der Luft und strampelte und schrie mit einer sehr heiseren Stimme. Er hatte schwarze Locken und große blaue Augen, aber die sah man nicht, denn sie waren nass und zugekniffen. Er schrie nach seiner Schwester.

»Trees! Hilfe!« Sollte Marie-Thérèse sich wirklich dort zwischen den Sträuchern versteckt halten, in ihrem teuren Kleid?

Direkt hinter dem Haus, in dem nassen Gras, lag ein rot gesprenkelter Stein. Er sah aus wie ein Ei.

Fee schlenderte hin, hob ihn auf und versuchte, ihn im Bogen von der einen Hand in die andere zu werfen. Sie bebte so, dass sie ihn einige Male fallen ließ. Toine mit seinen zugekniffenen Heulaugen sah es zum Glück nicht. Er wusste übrigens noch nicht mal, dass sie es war.

»Na, Papa?«

»Na, Feli?«

»Ist er das?« Wenn sie nur nicht so beben und zittern würde! Wie konnte man seelenruhig und gleichmütig sein, wenn man die ganze Zeit beben und zittern musste?

»Das ist er. Aber er streitet es ab. Kennst du ihn?«

»Ja. Toine.«

»Es waren die anderen!«, heulte Toine.

»Ach«, sagte Papa, »die anderen? Deine Freunde? Die Helden, die sich vorhin aus dem Staub gemacht haben?«

»Ich sage es meinem Vater!«

»Deinem Vater? Der soll nur herkommen!«, sagte Papa. Er schüttelte ihn nochmals tüchtig und aus Toines Hosentaschen fielen noch zwei kleinere Steine.

»Wenn du dich noch ein Mal hier blicken lässt, bist du dran! Verstanden?« Wie ein Jongleur warf er Toine in die Luft, drehte ihn um, stellte ihn auf seine Füße und gab ihm dann einen gehörigen Schubs.

Fee schaute Toine hinterher. Der stolperte durch die Gartenpforte in den Stechpalmenwald. Fast tat er ihr schon leid. Er musste sich durch das Gestrüpp zu dem schlammigen Pfad durchschlagen, der am Totenmannsloch und dem Bocksvenn vorbei zu dem Feld hinter dem Villenviertel führte. So war er natürlich immer ungesehen hierhergekommen. Mit seinen reichen Stinkfreunden, die ihn jetzt schön hatten hängenlassen.

»Das habe ich mir schon die ganze Zeit gedacht«, sagte Fee. Noch immer warf sie das gesprenkelte Steinei von einer Hand in die andere.

»Ach, tatsächlich?«

»Nein ... Nein, ich meine ... ich hätte es wissen können. Wissen müssen. Vielleicht. Aber Papa, wie ist es möglich, dass du ...«

Papa hörte nicht zu. Er ging zu Sofia, die wie eine Salzsäule dort stehen geblieben war, wo Fee sie zurückgelassen hatte. Mit großen Augen starrte sie auf die Pforte des Gemüsegartens. »Also Sofia, das wäre erledigt«, sagte Papa. »Du weißt Bescheid, ja? Wenn irgendwas ist, rufst du mich.«

»Kommst du mit zu uns, ein Butterbrot essen?«, fragte Fee, aber sie sah nicht richtig, ob Sofia nickte oder den Kopf schüttelte. Als sie mit Papa über den Hof ging und sich kurz umdrehte, sah sie Sofia noch haargenau so dastehen.

Fee schaute hoch zu Papa. Wie lange war es her, dass sie nebeneinander hergegangen waren? War sie selbst denn in der Zwischenzeit überhaupt nicht gewachsen? Papa schien eher größer geworden zu sein!

»Wie backst du nur dieses himmlische Brot?«, fragte Sofia.

Fee kaute auf einer harten Kruste und starrte auf ihre Mutter, die vor Freude ganz rot wurde, und auf ihren Vater, der einfach so tat, als wäre nichts geschehen, und zwei Spiegeleier in sich hineinschlang.

Sie dachte an Toine. Sie hatte noch nie vorher einen Jungen weinen hören.

»Ganz, ganz lange kneten, zweimal gehen lassen und den Teig dann *nicht* mehr platt hauen ...«, antwortete Mama.

Platt hauen. Toine platt hauen. Nein, das brächte Papa nie fertig. Er fand eine tote Maus schon schlimm.

»... sehr gutes Mehl haben die. Aber es ist natürlich ein weiter Weg.«

»Aber Marian, dann lass mich es doch für dich holen, mit dem Fahrrad! Das ist wirklich keine Mühe.«

Fee sah Sofia schon auf dem Fahrrad über die Heide zum Müller strampeln! Und dass der Müller dann sagte: *Ach, Sie sind es? Haha, Sie bekommen natürlich nichts! Was haben Sie sich gedacht?*

»Du solltest es mal mit Knollensellerie versuchen«, sagte Mama. Jetzt ging es plötzlich wieder um den Gemüsegarten.

»Ich bringe dir Stallmist. Den haben wir reichlich. Und sollen wir die eine störende Tanne mal entfernen? Nach der kräht doch kein Hahn! Dann hast du gleich viel mehr Licht!«

»Und eine Menge Brennholz dazu«, sagte Sofia.

Ja, und was, wenn der Förster dann vorbeikam und es sah? Und sagte: *Das sind unsere Bäume und Sie sind ja wohl die Letzte, die sie umhauen darf, denn Sie, Sie sind ...* Oder vielleicht sagte er sogar *du.*

»Und ich habe sehr viele Sämlinge für dich«, sagte Mama wieder.

»Gib mir bitte noch eine Scheibe Brot«, sagte Papa.

»Eine kleine Ziege, Sofia?« Mama jubelte fast. »Natürlich darfst du eine haben! Komm und such sie dir aus, wenn es so weit ist!«

Sofia war heiter wieder fortgegangen. Sie hatte oft Danke schön gesagt, aber wofür? Das Butterbrot? Die Sämlinge? Das wunderbare Ei? Dafür, dass Papa Toine erwischt hatte und das Steinewerfen jetzt aufhörte? Falls es denn aufhörte!

Fee kaute auf einer neuen harten Brotkruste und dachte an Netties tratschsüchtigen Opa, an Toine mit seinen Freunden und an seine Steine, an das gemeine Lied, das die Dorfmädchen gesungen hatten, an das gemeine Kreidewort. *Wenn jemand vorhat, sich wegjagen zu lassen, dann wird diejenige nicht den Garten umgraben und sich eine Ziege zulegen. Sofia wird den Garten umgraben und sie will eine Ziege, also hat sie nicht vor, sich verjagen zu lassen. Außerdem werde ich dann die kleine Ziege auch nicht so vermissen, denn ich kann sie ja noch jeden Tag sehen – und würde sie eine von Stine nehmen oder eine von Triene?*

Wenn sie nun endlich auch sagten, Papa und Mama, dass sie, Felicitas, der große Fantast, also doch recht gehabt hatte mit ihrem Steinewerfer! Aber nein. Mama spielte ein bisschen mit den sechs Steinen, als wären es jetzt ihre. Wer hatte sie denn vom Boden aufgelesen, wer? Und Papa wedelte alles einfach so beiseite, als wäre nichts geschehen, als hätte er nur ganz zufällig Lust gehabt, mal aufzustehen und einen kleinen Spaziergang zu Sofias Haus zu machen, und hätte sich da ganz zufällig zum Hinterhof verirrt und dort wäre er noch zufälliger auf einen dummen Jungen gestoßen, den er ein wenig durchgeschüttelt hatte.

»Aber Paps«, drängte ihn Fee, »wie konnte es sein, dass du gerade in dem Moment vorbeigekommen bist?«

»Ach, einfach so. Instinkt.« Und das war alles.

»Hast du vielleicht die ganze Zeit auf der Lauer gelegen?«, fragte Fee misstrauisch.

Mama unterbrach sie. »Ich weiß übrigens, wie er an die Steine gekommen ist.«

»Deine Mutter meint, sie schleicht andauernd durchs Villenviertel. Angeblich, um mit Boris Gassi zu gehen, aber eigentlich, um sich so ein weißes Haus für uns auszusuchen, wenn wir später mal reich sind«, maulte Papa.

»André!«

»Ach wirklich? Läufst du da herum?«, rief Fee entrüstet.

»Ja, *darf* ich vielleicht? Bei dem Haus dieser schicken Familie, wie heißen sie noch? Die Zwillingsschwester von diesem Knirps geht doch in deine Klasse!«

»Van de Velde«, brummte Fee. »Und wieso schicke Familie?«

»Die haben dort eine Gartenstatue in einer Art Beet voll mit diesen außergewöhnlichen Steinen in verschiedenen Farben. Das war mir schon mal aufgefallen.«

»Schick, was? Ungemein schick!«, rief Papa. »Sollten wir auch unbedingt haben. Ein kleiner Anfang ist ja schon gemacht! Oder wolltest du sie etwa zurückbringen?«

»Eine schicke Familie!«, begann Fee wieder. Vorsichtig befühlte sie die Wunde an ihrem Kopf. Sie wollte schon aufstehen und sie ihnen endlich zeigen, aber sie überlegte es sich. Sie sah Papa bereits in seinen Siebenmeilenstiefeln über den Schlammpfad stürmen, um Toine aus seinem Haus zu zerren und nochmals kopfüber zu halten. Oder seine ganze Familie. Oder alle Familien dort.

Anstatt über ihr Haar rieb sie sich jetzt über die Ohren. Immer wenn sie kurz aufhörte, schnappte sie einige Worte auf. Wenn sie doch nur mal den Mund hielten! Welchen Sinn machte es, sich zu fragen, warum Toine und seine Freunde Sofias Haus bewarfen? Da konnte man sich ebenso gut fragen, warum die Kinder den bärtigen Hilbrand hänselten. Warum sie der Warzen-Eulalie hinterherjohlten. Warum sie Franz-Josef nachmachten. Warum sie die indischen Kinder als »Blaue« und »Affen« und »Erdnüsse« beschimpften. Und warum sie so geringschätzig schnaubten, wenn man nicht sagen konnte, was der Vater machte.

»... was in aller Welt haben die Kinder damit zu schaffen? Es ist so lange her ... schon mehr als dreizehn Jahre ...«

»Nicht lange genug«, sagte Fee plötzlich laut. Und noch lauter: »Im Dorf wird sie immer von Kindern beschimpft und ausgebuht und beworfen. Und sie macht sich nichts daraus. Und wisst ihr, was neulich mit Kreide an ihr Haus geschrieben war?« Fee riss ein Blatt aus Mamas Einkaufsheft, nahm den violetten Bleistift, leckte daran und schrieb mit großen Zitterbuchstaben MOFFENHURF. Sie wartete etwas und fügte dann auch den letzten Strich hinzu. »Hier!«

Fee rannte aus der Küche nach draußen.

»Aber warum hast du uns das nicht früher erzählt?«, rief Mama ihr hinterher.

~14~

»Aber jetzt habe ich mehr als du«, sagte Laura.

»Macht doch nichts.« Fee stopfte sich den Mund mit Schokolade voll. Es war Milchschokolade. Sie mochte Zartbitter lieber.

»Wieso schenkt dir Marie-Thérèse auf einmal Süßigkeiten?«, fragte Laura zum soundsovielten Mal mit vollem Mund.

Was nervte sie so herum? Zu Mama konnte man einfach sagen: »Geh mir nicht auf die Nerven!« Genau wie Mama es oft zu ihr sagte. Und zu Papa konnte man es auch sagen. Ganz einfach. Nur zu Laura irgendwie nicht. Also antwortete Fee: »Was? Einfach so. Keine Ahnung.«

»Bist du jetzt vielleicht *ihre* Freundin?«

»Nein!« Und nun hätte Fee sagen müssen: *Ich bin deine Freundin*, aber das ging nicht, weil sie sich nicht sicher war. Sie setzte sich anders hin, damit die kleinen Ziegen auf ihrem Schoß etwas bequemer lagen. Sie wusste nicht mehr genau, welche es waren: die beiden von Stine oder eines von Stine und eines von Triene? Hoffentlich wussten sie es selbst noch!

Sie waren jetzt sechs Tage alt. Papa hatte sie eines Morgens ganz früh aufgeweckt, und als Fee auf Zehenspitzen in den Stall geschlichen kam, hatte Mama da in einer Ecke auf dem Boden gesessen. Sie hatte einen Finger an ihre Lippen gehalten und gezeigt. Stine war gerade mit ihrem zweiten zugange und kurz darauf sah Fee ein glitschiges kleines Tier zum Vorschein kommen. Das erste war bereits sauber geleckt und versuchte sogar schon aufzustehen. Die zwei von Triene lagen wie feuchte Spielzeugtierchen im Stroh. Sie waren alle vier gefleckt; drei Geißlein waren es und ein Böckchen.

»Hast du gesehen, wie sie geboren wurden?«, fragte Laura.

»Ja, bei einem. Dem hier, glaube ich …«

»Willst du später Kinder?«

»Nein. Du?«

»Ich auch nicht.«

Fee schaute auf Lauras magere Hand, die die beiden anderen Ziegen streichelte, die auf ihrem Schoß. Laura saß mit vorgestreckten langen Beinen im Stroh; sie war so schmal, dass die kleinen Ziegen fast keinen Platz hatten. Wie konnte man nur so dünne Beine haben? Bekam sie dort überhaupt etwas zu essen, da in Haus Waldeslust? Oder mochte sie es nicht? Das meiste holländische Essen mochte sie nicht, wusste Fee. Ob die Zimmerwirtin das Essen kochte? Und durfte man dann sagen, dass es einem nicht schmeckte? Bestimmt nicht.

»Aber warum …«, begann Laura wieder, mit ihrem Stück Schokolade fuchtelnd.

Fee seufzte tief. »Sie hat etwas gutzumachen, die Marie-Thérèse. Meinte sie. Denke ich.«

»Hat sie dich ausgeschimpft?«

»Nein.«

»Was dann?«

»Ihr Bruder ... ihr Bruder, der hat ...«

»Ihr Bruder! Der Schönling? Läuft er dir hinterher?«

»Was? Nein! Er hat mir einen Stein an den Kopf geworfen!«

»Cholländische Jungen!«, sagte Laura kopfschüttelnd, »Cholländische Jungen ... Also du bist nicht mit ihr befreundet?«

»Nein.«

»Aber mit mir schon, stimmt's?«

»Ja.«

Fee beugte sich tief über die kleinen Ziegen und streichelte sie so fest, dass sie leise Geräusche von sich gaben. Stine kam sofort herbeigelaufen, beschnüffelte die Kleinen, beschnüffelte Fees Gesicht. Wenn sie nicht aufpasste, würde sie sich noch die Schnute an ihr verbrennen.

Wenn man jemand unbedingt nicht nennen wollte, dann tat man es gerade doch.

Mama war gekommen und hatte gesagt, sie sollten die kleinen Ziegen jetzt in Ruhe lassen. Also hatten sie Holz gesammelt und die Gänse und Hühner gefüttert, und als Mama mit einer großen Ladung Stroh auf dem Ziegenwagen von Bauer Roozelaar zurückkam, brachten sie Joop wieder auf seine Weide und halfen beim Verstauen des Strohs.

Es geschah, als sie in dem Baum saßen. Mama ging über den Hof und schaute lächelnd hinauf. »Ihr seid wie zwei kleine Äffchen!«, rief sie. Beunruhigt schaute Fee zu Lauras Gesicht. Nein, sie war nicht böse und hatte nichts dagegen, ein Äffchen zu sein.

»Deine Mutter ist sehr jung, nicht?«, sagte Laura plötzlich.

»Nicht wirklich, sie ist auch schon neunundzwanzig.«

Laura musste lachen. »Und sie macht hier alles.«

»Ich helfe ihr immer!«, rief Fee schnell. Sie sah, wie Laura auf das Werkstattfenster starrte. Ob sie Papa sehen konnte? War die Couch von hier aus zu sehen? Sah Laura diesen friedlichen, runden, rot und grün karierten Hügel, wie er sich senkte und hob?

»Und dein Vater ...«

Fee holte ganz tief Luft, aber es half nicht, es kam dennoch: »Und *dein* Vater, was hat der denn alles gemacht?« *O ihr Heiligen, Josef und Maria und Jesuskind, macht, dass ich zur Strafe aus dem Baum stürze ...* Sie kniff die Augen fest zusammen und wartete auf ihren Fall.

Von ganz weit weg kam Lauras ruhige Stimme. »Er war nicht oft da, sagt Mutter. Er war Soldat, dann ist man natürlich immer weg. Ich war noch ein Baby und kann mich nicht mehr an ihn erinnern. Er hat mich aber noch gesehen. Es gibt ein Foto, da trägt er mich auf dem Arm.«

Eine gefühlte Stunde später sagte Fee, noch immer mit geschlossenen Augen: »Mein Vater ist Wachmann, er wacht über alles hier, über uns und über alle Tiere und auch über Sofia. Und außerdem ist er Erfinder. Und Philosoph.«

»Aha. Ja«, sagte Laura. »Ein Philosoph«, begann sie kurz darauf, »ist der Chef vom Hof!«

»Legt gern die Füße hoch und poft«, wieherte Fee.

»Er hört nicht, stellt sich lieber doof.«

»Weil er keinen Glauben kennt!«

»Und in einem Alkoven pennt.«

»Und ich nehme sehr stark an ...«

»... dass er uns hier sehen kann!«

Papa hatte sie gehört; er stand schief vor dem Werkstattfenster und schnitt Grimassen für sie.

»Einen netten Vater hast du!«

»Ja, nicht?«

Sie mussten noch kurz ein Brot bei Sofia abgeben, aber sie durften nicht hineingehen, sich nicht lange unterhalten, sonst wurde es zu spät. Sich sputen. Und herzliche Grüße an Lauras Mutter. Und Boris immer angeleint lassen. Und vergiss nicht: Sofort heimkommen!

Laura hatte die Hände in ihre Ärmel gesteckt, während sie ging.

»He, du gehst fast genauso krumm wie ich«, sagte Fee. Das traute sie sich jetzt einfach zu sagen.

»Das liegt an der Kälte. Und daran, dass es sonst nichts gibt. Ich wünschte, es würde wehen und stürmen, dass dicke Wolken über uns hinwegflögen. Hier gibt es so oft nichts. Alles ist einfach nur kalt und grau. Wirklich eigenartig!«

»Und da?«, fragte Fee vorsichtig.

»Da? Ja. Warm. So wunderbar. Und der Regen. Aber wir hatten immer Angst.«

»Vor dem Regen?«

»Vor den Leuten. Wir mussten immer umziehen. Oder uns manchmal verstecken.«

»Euch verstecken?«

»Ja. Wir waren doch halbe Holländer!«

Fee schwieg. Laura eine halbe Holländerin? Ja, natürlich. Daran hatte sie gar nicht mehr gedacht. Daran dachte man nicht, wenn man sie sah. Fee fragte sich, warum Laura sich dann überhaupt vor den Leuten hatte verstecken müssen und vor was für Leuten und was die mit ihnen vorgehabt hatten. Und wo verstecken? In einem Baum? Einem Keller? Gab es da überhaupt Keller? Und war sie da allein drin? Und gab es da keine Ratten und Skorpione?

Fee war erleichtert, als sie Sofia sah, die gerade Zweige und Laub von ihrem Gartenweg harkte. Sie rannte los, das Brot unter den Arm geklemmt und den lahmen Boris an seiner Leine mit sich ziehend. Laura kam keuchend auf ihren Omaschuhen hinter ihr her.

Sofia stellte ihren Rechen beiseite und winkte mit hoch erhobenen Armen. »Na, mein Kind? Tag, Mädchen, wie heißt du? Laura? Was für ein schöner Name! Und seid ihr Freundinnen? Ja? Ich habe Post. Ich habe meine Prüfung bestanden!«

»Ach!«, sagte Fee und legte Sofia das schwere Brot in die Hände. »Bestanden? Was ... was bist du denn jetzt?«

»Herzlichen Glückwunsch!«, sagte Laura.

»Was ich bin? Buchhalterin! Wenn sie mich haben wollen ...«

Buchhalterin, dachte Fee. Das war Rechnen, igitt. »Gehst du dann in ein Büro? In der Stadt? Wenn du ... wenn du bloß nicht ... Äh ... kommst du dir noch eine Ziege aussuchen?«

»Beeil dich«, hatte Lauras Mutter gesagt. »Es ist schon spät! Tüchtig ausschreiten, ja?«

Immer dasselbe. Sich tüchtig beeilen. Schön ausschreiten. Nicht bummeln. Schön zusammenbleiben. Das Zusammenbleiben war diesmal weniger das Problem: Sie hatte sich die Schlaufe von Boris' Leine mindestens dreifach um die Hand gewickelt.

Sich beeilen. Nicht trödeln. Denn sonst! Sonst was?

Es war auf einmal so dunkel, das sah man an Boris; je dunkler es wurde, desto weißer leuchtete er. Ein Geisterhund. Aber würde er die Geister verjagen oder sie im Gegenteil anziehen? Das wusste man nicht. Demnächst schwebten alle Nebel auf sie zu, um sie einzupacken. Alle bösen Baumstumpfzwerge kämen aus dem Wald gestürmt, um sie stolpern zu lassen. Und kam da hinter ihr auf dem Weg nicht ein Lichtlein daher? War es Franz-Josef? Und würde die Warzen-Eulalie mit ihren scharfen Nägeln hier nicht in der Dämmerung umherirren, auf der Suche nach kleinen Mädchen?

»Warum hilfst du mir nicht, an etwas anderes zu denken, du dummer Hund!«, sagte Fee.

Sie dachte an die kleine schwarzbunte Kuh, die sie Laura im allerletzten Moment heimlich in ihre Jackentasche gesteckt hatte. Also eigentlich in ihre eigene, die Tasche ihrer warmen blauen Jacke von vorigem Jahr. Endlich. Wann würde Laura sie finden? Sie würde sie doch wohl wiedererkennen, von der Weihnachtskrippe? Sie würde doch wohl kapieren, dass sie von ihr kam? Sie würde es doch nicht kindisch finden?

Was war das für ein merkwürdiges Gequicke und Geraschel?

Und diese Plumpsgeräusche, waren das Tannenzapfen? Oder Schritte?

Wenn man Angst hatte, musste man ein Gedicht aufsagen, meinte Laura immer. Unterwegs auf dem Schiff hatte sie mindestens hundert Gedichte mit ihrer Mutter aufgesagt.

»Aber ich *habe* keine Angst! Du vielleicht, Boris, hast du Angst? Du bist zwar ein völlig unbrauchbarer Wachhund, aber Angst? Dafür bist du zu dumm, was, Boris? Zu Hause bekommst du dein Fressen. Fressen, Boris! Pansen, Boris! Und Milz ... und Herz ...«

Diesmal war es Boris, der sie mit sich fortriss. Und im Takt ihrer stampfenden Schritte sang Fee, so laut sie konnte, das berühmte Lied aus dem Burenkrieg, das Lied von dem Pavian, der auf den Berg klettert, um die Engländer zu ärgern: *»Bobbejaan klim die BERG, so haastig en so lustig, BobbeJAAN klim die berg om die Rooinek te verERG! Bobbejaan sluip die DAL om die Rooinek te verVAL!«* Bis ihre Finger vergaßen, sich fest um die Schlaufe zu schließen, und Boris, die Leine hinter sich herziehend, auf die große schwarze Gestalt zustürmte, die auf dem Annastein saß.

»Bobbejaan«, keuchte Fee, *»sluip die haag ...«* Sie kam nicht mehr weiter auf ihren Zitterbeinen. *»Om die Rooinek te verjaag ...«*

»Jetzt beeil dich doch mal!«, tönte Sofia. »Ich warte schon eine Ewigkeit auf dich!«

~15~

»Fünfzehn, sechzehn, siebzehn, achtzehn ...«, murmelte Fee. Sie schloss die Tür des Ziegenstalls hinter sich, winkte Mama kurz zu und ging in die Werkstatt. »Bist du hier?«, rief sie. »Hallo, Boris. Neunzehn. Hallo Josefien. Zwanzig ...«

»Na, mein Kind?«

»Na, mein Vater? Einundzwanzig ...«

»Warst du da?«

»Ja.«

»Wo ist Mama?«

»Den Garten umgraben. Solange es noch hell ist, sagt sie.«

»Hast du die Zeitung?«

»Ja!« Fee legte die Zeitung auf den Tisch und riss die Banderole herunter. »*Atomkrieg einzige Antwort auf russischen Angriff*«, las sie vor. »*Nasser greift Kassim-Regime an. – Bei Rettungsversuch im Rauch erstickt.*« Sie faltete die Zeitung wieder zusammen und warf sie zu Papa auf die Couch. »Hier!«

»Sag mal! Was hast du?«

»Neuigkeiten!«, antwortete Fee. Mit dem Arm fegte sie eine Hälfte des Arbeitstischs frei. Papas Skizzenblöcke stapelte sie aufeinander, ohne in sie hineinzuschauen. Seine Federn und Bleistifte warf sie unordentlich in eine Schale. Aus dem Schrank holte sie ein altes, kaputtes Oberhemd, das sie über ihre Kleidung anzog. Während sie die Ärmel aufrollte und das Hemd zuknöpfte, richtete sich Papa halb auf und spähte an ihr vorbei in den offenen Schrank.

»Sag mal.«

»Hm?«

»Was ist mit meinem Archiv passiert?«

»Deinem was?«

»Meinem Archiv, meinem Nachrichtenarchiv! Den Zeitungsstapeln, die ich aufgehoben habe!«

»Ach das«, sagte Fee und ging zur Tür.

»Wohin willst du?«

»Nur kurz zum Waschplatz. Bin gleich wieder da.«

Auf dem Waschplatz, auf dem untersten Brett, stand der Eimer. Sie schaute hinein. Eigentlich sah es eklig aus, wie sehr ekliges Futter für ein sehr ekliges Tier. Und es war sehr viel, genug für einen Elefanten, mindestens. Aber sie musste es noch ausdrücken. Das würde noch einiges ausmachen. Sie nahm einen Durchschlag vom Haken, schöpfte mit den Händen die nasse, kalte Masse hinein und begann, das Wasser herauszupressen.

»Was in aller Welt *ist* das?«, fragte Papa, als Fee, wieder zurück in der Werkstatt, den Durchschlag auf den Tisch auskippte.

»Komm und schau es dir selber an.« Fee versuchte, sich die nassen Hände warm zu reiben, versuchte, sich zu überlegen, was Papa sagen würde, wenn er einmal verstand, was das war, dieser klebrige Berg.

»Was gibt es da zu grinsen? Lachst du mich etwa aus?«, fragte Papa, während er die Füße in seine Pantoffeln zwängte.

»Nein ...«

»Was *ist* das?«, fragte Papa wieder. Er stand am Tisch und starrte auf die graue Masse.

»Nachrichten«, sagte Fee. »Alte Nachrichten.«

»Wie bitte?«

»Vulkanausbrüche. Schiffskatastrophen. Morde. Aufstände. Panzer. Überschwemmungen. Russen. Amerikaner. Atomsprengköpfe. Drohende Atomkriege. Nikita Chruschtschow. Alles zermanscht.«

»Aber ...« Papa schaute über die Schulter zum Schrank, zu dem geschrumpften Zeitungsstapel, und dann wieder zu dem grauen Berg. »Aber ...«

»Man gibt etwas Kleister dazu«, sagte Fee rasch. »Schau.« Sie hielt das blaue Paket in die Höhe. »Und dann knetet man das zusammen und dann bekommt man Pappmaschee und daraus macht man dann ...« Erschrocken hielt sie inne. Papa benahm sich so seltsam. Seine Beine wackelten, sein Bauch wackelte, alles an ihm schüttelte sich – und dann brach es aus ihm heraus.

Papa lachte eigentlich ziemlich oft, entweder mit einem leichten Grinsen oder plötzlich schallend *Haha!*, oder auch wiehernd, wenn Mama ihm etwas Witziges erzählte. Aber vor Lachen brüllen, das tat er fast nie. Doch jetzt brüllte er, dass die ganze Werkstatt erzitterte.

»Man kann ...«, rief Fee laut durch sein Brüllen hindurch, »man kann Tiere daraus machen und Menschen und vielleicht eine Landschaft ...«

»Was ist denn hier los?«, fragte Mama in der Türöffnung. »Was ist denn so lustig? Darf ich auch mitlachen?«

»Feli«, brüllte Papa, »Feli macht aus der alten eine neue Welt!«

Mama kam zu dem Tisch und streichelte Fee über den Kopf. »Zieht Papa dich auf?«

»Nein«, sagte Fee. »Sondern ich ihn. Und du hast Erde an den Händen!« Ungeduldig schüttelte sie ihr Haar aus. Dann drückte sie mit der Faust eine große Kuhle in den grauen Berg, schüttelte eine Menge Kleisterflocken hinein, biss die Zähne zusammen und begann zu kneten. Es war kalt und auch eklig und dazu unglaublich glitschig und es dauerte eine Ewigkeit, bevor es ein wenig anzog. Über ihrem Kopf redeten und lachten ihre Eltern.

»Ist es nicht etwas viel, das Zeug?«, fragte Mama. Sie hatte zuerst Suppe gebracht und jetzt noch eine zusätzliche Lampe, fast als ob sie wollte, dass Fee da den ganzen Abend mit ihrem Pappmaschee verbrachte.

»Ich brauche ja auch viel.«

»Und was machst du daraus?«

»Überraschung.«

»Ach.« Mama ging wieder. Kurz darauf hörte Fee das vertraute Geräusch des Spatens, der in die Erde gestochen wurde.

»Was wird es denn?«, fragte Papa hinter seiner Zeitung.

»Eine Figur, ein Abbild.«

»Von wem?«

»Von wem wohl? Von dir natürlich!«

Die Zeitung flog in die eine Richtung, die Decke in die andere,

Arme und Beine wirbelten wie Windmühlenflügel, lange Haare standen vor Freude weit ab.

»Von mir? Ich werde dir sitzen! Wo soll ich sitzen? Hier, richtig?«

»Sitzen, wieso sitzen?«, fragte Fee. Sie schaute hoch zu Papa, der da neben dem blauen Stuhl stand, wie ein ... ja, wie ein was, wie ein Baum, eine Birke mit Ästen in sämtliche Richtungen. »Leg dich einfach wieder hin.«

»Was für ein Abbild wird es denn?«, fragte Papa misstrauisch.

»Ein waagerechtes«, sagte Fee.

Papa schlurfte wieder zurück und ließ sich seufzend auf die Couch fallen, als wäre das eine Strafe für ihn.

»Nein, keine Zeitung, dann kann ich dich nicht sehen«, sagte Fee streng.

»Was würdest du dir jetzt wünschen?«, fragte Papa nach einer Weile gähnend und mit geschlossenen Augen.

»Dass die gestreifte Weste, die Oma Greetje für mich strickt, nicht kratzt. Dass alle vier Ziegen am Leben bleiben. Dass ich einen Esel bekomme. Dass Laura und ihre Mutter in ein eigenes Haus ziehen können. Nicht zu weit weg. Dass es keinen Krieg gibt. Und du?«

»Ich?«, fragte Papa. »Ich?«

Fee pappte noch etwas mehr grauen Brei auf den Bauch ihrer horizontalen Figur. Sie musste schön dick sein, schön mollig, sodass der Gevatter Tod für ewig darin eingesperrt war.

Martha Heesen wurde 1948 in den Niederlanden geboren und wuchs in Brabant auf. Sie arbeitete als Übersetzerin aus dem Englischen, 1993 erschien ihr erstes Buch.

Heute zählt Martha Heesen zu den bedeutendsten niederländischen Jugendbuchautorinnen. Sie erhielt dreimal in Folge den *Silbernen Griffel* und war 2006 für den *Deutschen Jugendliteraturpreis* nominiert. 2015 wurde sie für ihr Gesamtwerk mit dem *Theo-Thijssen-Preis* ausgezeichnet.

Bei Gerstenberg erschienen ihre Kinderbücher »Hunde muss man gar nicht mögen« und »Mein Bruder, die Neuen und ich«.

Rolf Erdorf wurde 1956 in der Eifel geboren. Er studierte Germanistik und Niederländische Philologie. Für seine Übersetzungen wurde er unter anderem mit dem *Martinus-Nijhoff-Preis*, dem *Gustav-Heinemann-Friedenspreis* und zweimal mit dem *Deutschen Jugendliteraturpreis* ausgezeichnet.

Herbert Günther

Der Widerspruch

224 Seiten, gebunden
ISBN 978-3-8369-5902-5

1963. Vier Freunde, das vorletzte gemeinsame Schuljahr: Britta ist vor drei Jahren aus Stralsund in den Westen gekommen. Der schüchterne Robert wird zum Klassensprecher gewählt und verliebt sich in Britta, die wie er eine Schülerzeitung schreibt. Jonas vermisst seinen an den Kriegsfolgen gestorbenen Vater und leidet unter seinem selbstherrlichen Onkel. Die aufmüpfige Reni hat einen Studenten-Freund in der Stadt, der sie alle in eine politische Aktion hineinzieht …

Ein spannender historischer Roman, erzählt aus verschiedenen Perspektiven.

Deutschlandfunk, Die besten 7

Herbert Günther gelingt es, das gesellschaftliche Klima jener Nachkriegs- und Aufbaujahre einzufangen.

taz

Ein spannendes Zeitdokument

Westfälische Nachrichten

www.gerstenberg-verlag.de

Wir danken dem Nederlands Letterenfonds
für die Förderung der Übersetzung ins Deutsche.

Nederlands letterenfonds
dutch foundation
for literature

1. Auflage 2017
Die Originalausgabe erschien unter dem Titel *Biezel*
bei Em. Querido's Kinderboeken Uitgeverij, Amsterdam

Übersetzung: Rolf Erdorf
Umschlaggestaltung: init.büro für gestaltung,
Bad Oeynhausen
Umschlagfoto vorne: © Thinkstock / IPGGutenberg UKLtd
Umschlagfoto hinten: © init
Druck und Bindung: GGP Media GmbH, Pößneck
Printed in Germany

ISBN 978-3-8369-5995-7

www.gerstenberg-verlag.de